Johannes Grahn hat dunkle Flecke in seiner Vergangenheit. Er reist, um sein bisheriges Leben hinter sich zu lassen, über Island in ein kleines Dorf Grönlands. Dort arbeitet er im kurzen arktischen Sommer als Hotelchauffeur.

Grahns Leben verläuft in ruhigen Bahnen, bis Markus Brack auftaucht, ein Österreicher mit auffälligem Interesse für Grahns Vergangenheit. Es stellt sich heraus, daß Grahn auf seiner Hinreise in Reykjavík Agnes, eine alte Freundin, getroffen hatte, und daß beide eine kurze Affäre verband, bevor Agnes ums Leben kam. Die zunächst so klaren grönländischen Verhältnisse verwirren sich zusehends. Schließlich stirbt ein kleines Mädchen – und wieder war Grahn in der Nähe des Unfallorts.

Klaus Böldl, 1964 in Passau geboren, arbeitet als wissenschaftlicher Assistent am Skandinavistik-Institut München. 1997 erhielt er für ›Studie in Kristallbildung‹ den Tukan-Preis der Stadt München. 2000 erschien die nach Lappland führende Erzählung ›Südlich von Abisko‹ (FTV 14979). 2003 wurde er für sein im S. Fischer Verlag erschienenes Buch ›Die fernen Inseln‹ mit dem Brüder-Grimm-Preis und dem Hermann-Hesse-Preis ausgezeichnet.

Unsere Adresse im Internet: www.fischerverlage.de

Klaus Böldl

Studie in Kristallbildung

Roman

Fischer Taschenbuch Verlag

Veröffentlicht im Fischer Taschenbuch Verlag,
einem Unternehmen der S. Fischer Verlag GmbH,
Frankfurt am Main, Februar 2004

Lizenzausgabe mit freundlicher Genehmigung
der S. Fischer Verlag GmbH, Frankfurt am Main
© 1997 S. Fischer Verlag, Frankfurt am Main
Druck und Bindung: Clausen & Bosse, Leck
Printed in Germany
ISBN 3-596-16400-1

Das erste Heft

Das erste, was in mein Blickfeld geriet, war Schnee, der in der Morgensonne glänzte, als sei er mit einer Glasschicht überzogen. Ein Wanderer, der sich dort ins Gebirge hinauf verirrt hätte, stellte ich mir vor, bliebe unweigerlich mit den Sohlen an diesem zuckrigen Schnee haften, er schlüpfte vielleicht aus den Schuhen, um dann auf allen vieren den rettenden Fels wiederzugewinnen, doch die Handflächen frören ihm sofort fest, seine Lage wäre die des Insekts auf dem Fliegenpapier. Freilich: Wanderer kommen in dieses Gebirge kaum.

Das Gestein, das zwischen den Eis- und Schneeflächen zu erkennen ist, erscheint in diesem Licht ockerfarben, während es am Spätnachmittag eine taubengraue Färbung annimmt. An manchen Stellen spielt es ins Rostrote. Die Risse und Spalten wirken in der schon grellen, aber doch noch immer schrägen Morgensonne wie mit schwarzer Tinte in die Felsflächen eingezeichnet.

Über Geröllhalden und Flächen, die wie dicht mit Asche bedeckt aussehen, glitt der Blick dann zum Wasser hinunter. Das Eis auf dem Fjord: Über der Oberfläche ist es von einem hellen Grau, wie das Weiße in Menschenaugen, unter Wasser leuchtet es türkisfarben. Kein Schiff ist um diese Zeit auf dem Fjord zu sehen, nur ein kleines Fischerboot konnte ich zwischen den scheinbar reglosen Eismassen entdecken; aus der Ferne sah es so aus, als bewege es sich kaum.

Unten im Dorf ist so früh am Morgen noch kein Mensch auf den Beinen; selbst vor dem Supermarkt und dem Postamt, wo die Dorfbewohner den ganzen Tag in Gruppen herumstehen oder auf und ab gehen oder im Gras sitzen, ist niemand zu sehen.

Durch den Feldstecher erkannte ich nur sonnenbeschienenen Asphalt, mit Rollsplit übersät, nicht weniger leer als die Schneeflächen der Bergkette auf der anderen Seite des Fjords, dann den noch verschlossenen Eingang des Supermarktes, die schwefelgelb gestrichene Fassade des Hauses, in dem unten die dänische Bäckerei untergebracht ist, darüber den Turm der alten Holzkirche und schließlich den Flaschencontainer, den man vor ein paar Wochen vor dem Supermarkt aufgestellt hat.

Ich habe den Feldstecher dann an seinen Platz auf dem Fensterbrett zurückgestellt und, zum erstenmal, eines der zwei schwarzen Wachstuchhefte aufgeschlagen, deren Blätter mit blaßblauen Linien versehen sind, Linien, die ganz gewiß viel enger beisammenliegen als die der Schulhefte meiner Kindheit. Ich habe lange davorgesessen und kam mir ein bißchen lächerlich vor. Dann habe ich einfach angefangen.

Ich bin nun schon den zweiten Sommer auf Grönland und habe in all der Zeit, die ich hier war, eine fast vollständig schriftlose Existenz geführt – wenn man bei dem Wort Schrift an seine eigene Handschrift denkt. Ich habe gelesen, in den europäischen Zeitungen, die hier im Hotel liegenbleiben, in den Büchern, die mir Dr. Rask leiht. Die Begeisterung Dr. Rasks für alte Bücher mit merkwürdigen Schilderungen und seltsamen Begriffen setzt er ganz selbstverständlich auch bei mir voraus. Ich lese manchmal auch in den Büchern, die ich mir hierher mitgebracht habe, ohne nachzudenken mitgebracht habe, weil sie mir unentbehrlich vorkamen. Sie sind es nicht, oder nicht mehr. Aber selbst nichts mehr geschrieben, nicht einmal eine Ansichtskarte (ehrlicherweise sollte ich sagen: am wenigsten eine Ansichtskarte), allenfalls meine Unterschrift unter einen Scheck, eine Flugbuchung gesetzt.

Für einen Menschen, der einmal viel geschrieben hat, seien es Artikel, Briefe, Tagebücher oder was auch immer, bedeutet es eine eigenartige Stille um ihn her, es mit einemmal nicht mehr zu tun. Anderswo als hier hätte es mich wohl sogar erstaunt, daß auch so alles auf sich beruht, daß Zusammenhänge nicht eigens herbeigeschrieben werden müssen.

Einen Chronisten scheint dieses Land allerdings nicht zu benötigen. Alles geschieht hier in einer seltsamen Nachdrücklichkeit, als wollte jeder Augenblick sich dem Gedächtnis der Zeit einprägen. Daß sich die Ereignisse hier überstürzen könnten, ist ausgeschlossen.

Die Langsamkeit zum Beispiel, mit der sich die großen rotweißen Schiffe der Königlich Grönländischen Handelsgesellschaft zwischen den Eismassen bewegen, hat etwas von der Unbeirrbarkeit von Himmelskörpern, wenn diese Langsamkeit auch nur eine scheinbare ist, die durch die umgebende Reglosigkeit und die nach allen Seiten herrschende Entfernung hervorgerufen wird.

Es ist wenig mehr als hundert Jahre her, daß Europäer in diesen östlichen Teil Grönlands vorgedrungen sind, erstaunt, hier Menschen vorzufinden, in dieser feindseligen Gegend, die doch so wenig auf menschliche Verhältnisse und Bedürfnisse Rücksicht nimmt wie kaum eine andere auf diesem Planeten.

Tüchtige und tätige Leute müssen das gewesen sein. Sie hatten es schwerer als ich, sich hier festzusetzen. Unwillkürlich stelle ich sie mir riesengroß vor. Sie haben hier eine Handels- und Missionsstation gegründet, in einem unverbrüchlichen Glauben an Gott und an Handel und Wandel. Sie hatten natürlich auch Bücher dabei, die Bibel und allerlei Schriften, von denen sie glaubten, sie würden die Urbevölkerung erbauen.

Die Menschen hatten hier vorher keine Schrift, sie war vor wenig mehr als einem Jahrhundert hier noch unbekannt, man begnügte sich damals mit dem, was es zu sehen gab oder auch zu spüren, mit dem, an was man sich erinnerte und was überliefert war. Was den Leuten wichtig war, war der Augenblick.

Doch gerade hier, an diesem so lange sich selbst überlassenen Ort, kann man heute mit einer Satellitenschüssel auf dem Dach gegen hundert Fernsehprogramme der alten und der neuen Welt empfangen, mehr als sonst irgendwo.

Heute morgen bin ich, wie an fast allen Tagen, vom Heulen der Schlittenhunde auf der Koppel gegenüber dem Hotel aufgewacht. Tagsüber, mit irgend etwas beschäftigt oder in Gedanken versunken, höre ich diese klagenden Laute kaum mehr, doch nach dem Aufwachen lausche ich ihnen öfters, die Augen noch geschlossen. Ich konzentriere mich dann darauf, die genau festgelegte Ordnung nachzuvollziehen, in der das Heulen der Hunde in ein paar Augenblicken sämtliche Meuten im Dorf erfaßt. Dann verstummen sie plötzlich alle gleichzeitig, und in die Stille, die nun herrscht, zeichnen sich die leisen und fernen Einzelgeräusche sorgfältig und genau ein: das Schreien eines der hier so ungeheuer zahlreichen Säuglinge, das Rasseln einer Kette, ein Bootsmotor, der angelassen wird: Die Stille nimmt alles wichtig. Auch kann plötzlich eine der oft bizarren Eisformationen draußen auf dem Fjord unter Getöse zerbersten und in sich zusammenstürzen. Alle Geräusche sind zugelassen, werden beachtet, in einer Weise, wie dies in Mitteleuropa nur in den letzten Momenten vor der Morgendämmerung vorstellbar ist. Vielleicht rührt daher dieser seltsame Eindruck, den manche Besucher von Grönland gewinnen (ich selbst habe diesen Eindruck bis heute nicht mehr loswerden können), der Eindruck einer auch und gerade im Sommer selbst in den hellsten Mittagsmomenten deutlich spürbaren Nächtlichkeit. Man ist geblendet von der Helligkeit, die durch die reflektierenden Eismassen noch gesteigert wird, in den ersten Tagen ist es für Fremde mittags kaum erträglich, und doch hat man ein Gefühl wie jemand, der schlaflos in der Nacht spazierengeht, unruhig und wach bis zur Schreckhaftigkeit.

==Es hat sich so ergeben==, daß ich am hiesigen Hotel eine Anstellung bekam, inklusive Kost und Logis, wie man so sagt. Ein Hoteldiener also, wie die oft ein wenig altmodischen Leute hier es nennen. Mich stört diese Bezeichnung keineswegs, Aqqalu sagt, es liege etwas Geringschätziges darin, aber mir gefällt die Vorstellung, ein Hoteldiener zu sein, es ist ein Begriff, mit dem man sich decken kann, mit der Zeit, in dem man ganz verschwinden kann, mit Haut und Haaren.

Mein Vorgänger, ein Einheimischer, ist im vorigen Frühjahr umgekommen, ==er soll beim Fischen ertrunken sein==, aber es gibt auch Leute, die behaupten, er hätte sich umgebracht. Er konnte nicht schwimmen, jeder weiß, daß kaum ein Grönländer schwimmen kann.

Jetzt bin ich derjenige, der die Gäste vom Helikopterlandeplatz abholt und sie wieder dorthin befördert, wenn ihr Aufenthalt zu Ende ist oder wenn ein Ausflug organisiert wird.

Außerdem habe ich manchmal Frachten vom Hafen abzuholen, Larsen, dem Koch, beim Heraufschaffen von Einkäufen und Lieferungen behilflich zu sein und sonstige unweigerlich anfallende Angelegenheiten zu erledigen, vor allem solche, für die man den Wagen braucht.

Daß mein Leben diese Form, diese immerhin unerwartete, mir nicht an der Wiege gesungene Form angenommen hat, verlangt längst nicht mehr nach einer Erklärung, jedenfalls nicht für mich. Eher kommt es mir jetzt vor, als ob ich dieser Lösung, für mich ist es eine Lösung, schon seit meiner Kindheit entgegenexistiert hätte, über alles hinweg, das sich dieser Lösung entgegengestellt hatte.

So verbrauche ich mich in einem stillen und, wie es mir scheint, unendlich langsamen Vorhandensein. Wenn ich nachdenke, versuche ich, nicht selbst der Gegenstand zu sein oder doch nur einer unter den vielen, denen unter diesem Himmelsstrich das Streben nach Unveränderlichkeit gemeinsam ist. Erinnerungen nachzuhängen, wie man sagt, ist für mich zu einer Beschäftigung geworden, von der keine Gefahr der Veränderung mehr ausgeht.

Die Hotelleitung hat mir untersagt, den grauen Kleinbus, in dem Menschen und Waren transportiert werden, für private Zwecke zu verwenden, und als Angestellter des Hauses, als »Hoteldiener«, habe ich den Anweisungen Folge zu leisten. Doch kommt es vor, daß ich nach dem Mittagessen meinen zerkratzten alten Aktenkoffer, den ich schon als Student hatte, neben mich auf den Beifahrersitz lege und aus dem Dorf hinausfahre, um die Eisberge zu beobachten und mich in den unendlich geringfügigen Bewegungen und Veränderungen, die ich an ihnen von Mal zu Mal feststelle, zu verlieren.

In meinem grönländischen Leben ist jeder Tag gleich, winzige Unregelmäßigkeiten an der Oberfläche ausgenommen. Niemand, der gegen diese Einförmigkeit einschreiten würde. Am wenigsten würde ich selbst dies tun.

Dennoch geht in meiner Erinnerung kein Tag, kein Augenblick verloren, davon bin ich fest überzeugt, und wenn ich eines Morgens Anfang Juli plötzlich, wenn auch nicht unvorbereitet, tagebuchähnliche, allerdings undatierte Aufzeichnungen zu machen begonnen habe, so liegt dem keine Angst vor der Flucht der Tage zugrunde. Die Tage verschwinden hier nicht spurlos, wenn auch nicht jeder in Erinnerung bleibt, es scheint hier aber ein Halt und innerer Zusammenhang gegeben, wie er anderswo nicht existiert.

Schon bei meiner ersten Ankunft in Grönland habe ich das eigenartige Gefühl gehabt, als ob die Landschaft hier selbst unbewußte Gesten, zerstreute Blicke, dahingesagte Worte oder die Lust auf eine Zigarette für immer festhält, ungefähr so wie die Unmengen von Müll in der Umgebung des Dorfes jeden Frühling unverändert unter den Schnee- und Eismassen wieder zum Vorschein kommen.

Meine wichtigste Aufgabe besteht also darin, die Hotelgäste vom Helikopterlandeplatz abzuholen und sie am Abreisetag wieder dorthin zu bringen, pünktlich, damit sie in Kulusuk ihre Maschinen nach Reykjavík oder Kopenhagen erreichen.

Der Landeplatz ist unten am Fjord, die Strecke vom Hotel dorthin beträgt genau 1,9 km. Die Straße verläuft in weiten Serpentinen den steilen Hang hinunter, führt über einen schäumenden Gletscherabfluß hinweg, an roten, gelben, türkisfarbenen kleinen Häusern vorbei, die wie an das abschüssige Gelände festgeklammert wirken, jedes für sich. Vor etwa zwanzig Jahren, erzählen die Leute, hat ein Sturm im Winter den größten Teil dieser Häuser einfach fortgeweht; man kann in dem steinigen Gras noch Betonfundamente erkennen, Fundamente von Häusern, die man nicht mehr aufgebaut hat.

Morgens, beim Aufstehen, streift mein Blick die Gegenstände im Zimmer. Es hilft, sie fest in den Blick zu fassen, wenn man wie ich morgens zu Schwindel neigt. Sie sind deutlich zu erkennen, vor dem Fenster befinden sich keine Vorhänge. Die Wände sind frisch geweißt, zeigen keine Spuren von Bildern, die hier früher aufgehängt gewesen sein mögen, mein Vorgänger soll gemalt haben, zum Glück habe ich es durchsetzen können, daß die Wände vor meinem immerhin vielleicht endgültigen Einzug im Frühling gestrichen wurden.

Die Bilder meines Vorgängers sollen drüben im Geräteschuppen in einer Kiste gelagert sein. Vielleicht sind sie aber auch schon längst auf den Müllplatz unten am Fjord geworfen worden: Niemand interessiert sich dafür.

Vor dem Fenster steht ein kleiner Tisch, den ich mir aus der Schule geborgt habe. Ein nützliches Relikt einer flüchtigen Liaison mit einer Lehrerin, die jetzt in Nuuk lebt. Auf dem Tisch liegen die zwei schwarzen Wachstuchhefte. In dem offenen Fach unter der Tischplatte ein paar Zeitungen, ausländische Blätter, die die Gäste in den Zimmern liegenlassen und die mir die Zimmermädchen aufheben.

Unter den Zeitungen liegt ein großer brauner Umschlag, in dem ich Zeitungsausschnitte aufbewahre, Artikel über merkwürdige Vorkommnisse und naturwissenschaftliche Nachrichten. Gestern habe ich einen Bericht ausgeschnitten, dem zufolge man Sterne entdeckt habe, die sechzehn Milliarden Jahre alt sind, also älter zu sein scheinen als das sie umgebende Weltall.

Auf dem Bord über dem Bett stehen etwa zwei Dutzend Bücher. Einige davon sehen alt und wertvoll aus: Die gehören Dr. Rask, zum Beispiel Gotthilf Heinrich Schuberts *Ansichten von der Nachtseite der Naturwissenschaft* aus dem Anfang des vorigen Jahrhunderts.

Ich trete vor das kleine Waschbecken neben der Tür. Es hat einen langen, beinahe waagrechten Sprung, eine Erinnerung an ein Mißgeschick, das Larsen, unserem Koch, im vorigen Jahr passiert ist. Bevor ich den Wasserhahn aufdrehe, werfe ich einen Blick in den Spiegel. Wenn die Nacht traumlos war, und ich träume nicht mehr sehr oft, entdecke ich nichts Unvertrautes in meinem Gesicht. Meine Augen sind heller als früher und so blau, wie sie waren, als ich klein war. In den Augenwinkeln hat sich Schleim angesammelt. Mein Gesicht ist gebräunt, jeder, der hier lebt, hat ein gebräuntes Gesicht. Eine Art von Bräune, die die Menschen einander ähnlich macht. Ich fahre mir mit gespreizten Fingern durch das zerraufte Haar. Oft ist Dreck unter meinen Fingernägeln. Meine Unterlippe ist fast immer trocken und rissig, während ich sie betrachte, spüre ich an ihr ein kurzes, heftiges Brennen.

Das Waschbecken ist sehr niedrig angebracht, zum Waschen muß ich mich vor meinem Spiegelbild verbeugen, oder ich gehe halb in die Hocke. Dabei knacken meine Kniegelenke, beide gleichzeitig. Das Wasser ist so kalt, daß es an den Handrücken schmerzt.

Während ich mir das Gesicht trockne, blicke ich aus dem Fenster. Die Aussicht ist mir längst vertrauter als mein Gesicht. Ganz im Hintergrund die Bergkette, die »Nunatakken« genannt wird, dann das Eis auf dem Fjord, mit grünblauen Rändern, die mit Müll bedeckte Landzunge, die über den Hang verstreuten Häuser, in denen noch alles schläft, einige Mütter mit Säuglingen an der Brust ausgenommen, die Grasflecken zwischen den Häusern, der rotgestrichene Turm der alten Holzkirche, die leuchtend orangefarbenen Container unten im Hafen, von hier oben aus betrachtet wirken sie wie wahllos verstreute Bauklötze.

An der Tür des Zimmers hängt eine Reproduktion eines alten Kupferstichs, ein Geburtstagsgeschenk von Dr. Rask. Wie er mein Geburtsdatum hat herausfinden können, ist mir ein Rätsel. Auch war ich überrascht, daß er an solche Dinge denkt, daß hier überhaupt jemand an solche Dinge denkt: Geburt und Tod scheinen hier so unendlich ferne Ereignisse zu sein, der gerade stattfindende Augenblick reicht immer von einem Horizont zum andern. Dr. Rask hat mir diesen Stich also geschenkt; ich kannte ihn damals erst ein paar Wochen.

Der Kupferstich stellt eine Karte der arktischen Gegenden dar. Auf Island ist der Eingang zur Hölle eingezeichnet, für den man den Vulkan Hekla hielt. Wurde in jenen Zeiten eine Schlacht ausgefochten, irgendwo auf der Welt, den in der Umgebung der Hekla wohnenden Isländern konnte es nicht entgehen, waren dann doch die Lüfte erfüllt von den Seelenschemen derer, die zur Hölle fuhren. Da aber gerade die Reformation stattgefunden hatte, kamen öfters auch katholische Würdenträger durch die Luft gewirbelt, Bischöfe, Kardinäle, in stets beeindruckender, den verelendeten Isländern unbekannter Leibesfülle, in prachtvollem Ornat und mit baumelndem Goldkreuz, muß man sich vorstellen, jagten sie hilflos unter den Wolken dahin, und wenn ein Windstoß einen von ihnen in die Nähe des Bodens blies, konnte man manchmal erkennen, wie jäh der Teufel ihn aus der Welt geschafft hatte, er hatte vielleicht noch einen Geldsack in der Hand, eine Fasanenkeule, das Weinglas, oder vielleicht war das bischöfliche Glied noch erigiert, wenn die Anstrengung eines Beischlafs dem Teufel eine Gelegenheit bot, sich einer verlorenen Seele zu bemächtigen.

An diese und andere Geschichten Dr. Rasks denke ich oft, wenn ich diese Karte betrachte. Aber auch ganz andere Dinge fallen mir ein, menschenleere Steilküsten, Lavawüsten und eigenartige Tafelberge, die sich aus Ebenen von völlig einfarbigem Grün erheben; ein Wasserfall, über dem sich die Sonnenstrahlen im Wasserdunst in einen wie berührbaren Regenbogen zerlegen; eine Stadt mit blauen und grünen Dächern und einem Meer hinter sich, das sich bei stürmischem Wetter dunkelgrün färbt; eine Frau, die, die Beine an die Brust gezogen, im Gras sitzt, in einer Wiese, die allmählich in einen Aschenstrand übergeht, das Meer ein schmaler, grüngrauer Streifen weit weg, wie ein nur spaltweit geöffnetes Auge.

Mechanisch stellt sich bei mir dann auch immer die Erinnerung an eine Szene im Wartesaal des Überlandbusbahnhofes in Reykjavík ein: Ein Betrunkener, er sah Dr. Rask ähnlich, vielleicht sehe ich ihn deshalb so deutlich vor mir, dieser Betrunkene also versucht ein Rad zu schlagen, zwischen Gruppen von Wartenden, eine Schnapsflasche gleitet ihm aus der Manteltasche und zerschellt auf den Steinfliesen, zwei Polizisten treten auf ihn zu und führen ihn weg, einer der beiden streichelt dem Stadtstreicher im Gehen besänftigend die Wange.

Die Umrisse der Landmassen auf dieser Karte sind übrigens so verzerrt, daß man nur an den latinisierten Städte- und Ländernamen erkennen kann, welche Gegend der Welt gemeint ist. Von dieser Ungenauigkeit, der Unzuverlässigkeit der Linien geht etwas Beruhigendes aus, gleichzeitig die Möglichkeit einer Veränderung oder Entdeckung. Der hiesige Landstrich, der Ammassalik-Fjord, Kulusuk, Tassiilaq, Ikateq, Kitermit, Patsaik, das Tal der Blumen, sind hier noch kein Bestandteil der Wirklichkeit. Korrekturen scheinen denkbar, sind aber vielleicht aus eben diesem Grund nicht erwünscht.

Ich erinnere mich an sehr viel hier auf Grönland, ich habe ja nicht viel zu tun, und auch Menschen lenken mich nicht oft von mir selbst ab. Ich erinnere mich bedenkenlos, überzeugt, daß ich von der Vergangenheit nichts mehr zu befürchten habe. Es ist nicht unähnlich einem Spaziergang im Zoo: Hinter Gittern geht von den wilden Tieren keine Gefahr aus, aber was einen an ihnen fesselt, ist eben doch, daß es wilde Tiere sind.

Zweifellos gibt es Erinnerungen, die mich, um im Bilde zu bleiben, anfauchen und die mit ihren Pranken durch die Gitterstäbe langen und nach mir schlagen wollen, sobald sie mich nur sehen, doch ich bleibe ruhig, ein stiller Betrachter, geschult an den Reglosigkeiten der grönländischen Landschaft, wochenlanges Liegen auf der Lauer, um mitzuerleben, wie ein Eisberg sich ein winziges Stück auf die Seite legt, schon lange übrigens habe ich die Theorie, daß das An- und Abschwellen der Bäche, die von der Richtung des Inlandeises her durch die Wiesentäler fließen, einem komplizierten, aber vielleicht seit Jahrmillionen unbeirrten Rhythmus unterliegt.

Hier, in diesem Dorf an der Ostküste Grönlands, bin ich am Leben, zur gewissermaßen potentiellen, sicherlich aber niemals stattfindenden Überraschung derer, die mich gekannt haben, denn wenn ich diese Menschen auch auf eine unbestimmte Weise in diesen Aufzeichnungen anzusprechen scheine, oder einige von ihnen, oder am wahrscheinlichsten doch nur eine Person, so habe ich gleichzeitig doch die Gewißheit, daß ich auch in diesen Gedanken und Geschichten für mich bleiben werde.

Hier, in diesem grönländischen Dorf, führe ich eine höchst verborgene, kaum wahrnehmbare Existenz, im Schutzpanzer einer Hoteldienerrolle, manchmal ist das Bewußtsein davon ein wenig unangenehm, morgens oder in den hohen, nächtlichen Mittagsstunden, es kommt vor, daß ich mir für Augenblicke ein anderes Leben wünsche, davon kommt man wohl nie vollständig los, aber egal, ich stehe morgens auf, frühstücke in der Hotelküche, ich sorge für den Transport der Hotelgäste, das ohnehin wenige, was von mir verlangt wird, erledige ich sorgfältig und genau, eine aus meinem früheren Leben herübergerettete Abneigung gegen Unregelmäßigkeiten kommt mir dabei zustatten, ich treffe Dr. Rask, wir spielen Schach, unterhalten uns über Literatur und seine Studien, ich trinke ein Bier mit Larsen, dem Koch, oder auch mit Aqqalu, unserem Abgeordneten, oder ich spiele mit seiner kleinen Tochter, ich beobachte zum Zeitvertreib die Hotelgäste und verwickle sie in Phantasien, statte sie mit Bewandtnissen, Gedanken und mit Bruchstücken von Biographien aus, ich beschäftige mich mit der umgebenden Landschaft, die sich zum Glück tatsächlich als unerschöpflich erwiesen hat: Die Identität mit demjenigen, der ich in meinen Erinnerungen bin, hat sich längst verloren.

Wenn man den Lichtkegel einer starken Taschenlampe gegen das Eis richtet, wird man das Gewimmel der Eiswürmer gewahr, die sich dem Licht entgegendrängen. Es ist ein Spiel, die Eiswürmer reagieren bewußtlos auf das Licht, es ist vielleicht nicht sehr viel mehr als eine chemische Reaktion, die sich da abspielt, das Aufsteigen der Eiswürmer an die Oberfläche, ein wimmelndes Durcheinander wie von Erinnerungsbildern, außer daß man es verursacht hat, bedeutet es einem nichts.

Aufgewachsen bin ich in einem großen alten Mietshaus aus der Zeit der Jahrhundertwende. Im Treppenhaus fröstelte man selbst an den heißesten Sommertagen. Im Keller lagerte man die Kohlen und die Kartoffeln in großen Holzkisten, aus den Kartoffeln wuchsen Triebe in die Kellerfinsternis, die wie die Knochen von winzigen Kinderarmen und Kinderhänden aussahen. Vom Speicherfenster aus stieß man mit Schürhaken nach den Taubennestern in der Regenrinne. Manchmal warf man da oben ein Fenster ein, es überkam einen, und man konnte nicht anders. Man hielt da oben einen Spatz im Käfig, der aus dem Nest gefallen sein mußte, aber nach ein paar Tagen war er tot. Man hatte ein Heft voller nackter Frauen da oben versteckt, das man gegen Abziehbilder eingetauscht hatte. Ganz unten am Bauch hatten diese Frauen Haare.

Es ist zwanzig Jahre her, das Haus steht noch, die Grundrisse der Wohnungen aber sind verändert worden, hat mir jemand im vorigen Jahr erzählt, in meinem Kopf freilich ist unsere Wohnung noch in allen Einzelheiten vorhanden. Der Brandfleck auf dem Linoleumboden in der Küche, der entstand, als ich ein Stück Zeitung in die Gasflamme hielt und das brennende Papier erschrocken fallen ließ: Ich könnte diesen Brandfleck heute noch nachzeichnen, er war halbmondförmig, mit einem bräunlichen Schatten nach der abgerundeten Außenseite hin.

Die Zimmer waren hoch und hatten große, vielscheibige Fenster. Außer den großen Zimmern gab es in unserer Wohnung noch ein paar kleine, am Ende des langen Flurs; die waren früher für die Dienstboten bestimmt gewesen.

Hinter dem Haus war ein großer Garten, mit einer Eberesche, mit alten Birnbäumen, die kleine, harte Früchte trugen, einem Komposthaufen, mit kniehohem Gras, Disteln, mit denen man sich bewarf, Kartoffelkraut, das in der Sommerhitze stank, und am Rand des Gartens wucherte Gestrüpp, in dem man Erdbeeren und Brombeeren finden konnte, wenn man klein war und sich hineinwagte. Flugzeugen sah man, die Augen zu Schlitzen zusammengezogen, nach, bis sie verschwunden waren. Das Alter von Marienkäfern schloß man aus der Zahl ihrer Punkte. Nach Regenfällen wurde mit Schnecken und Regenwürmern gespielt. Die feuchte Erde roch dann durchdringend, und von den Bäumen tropfte es noch lange, wenn schon keine Wolke mehr am Himmel zu sehen war. Manchmal war Herbst, das Gras naß, der Sonnenschein gelb, der Himmel hellblau, und die Vogelbeeren brannten in der Farbe des Orange aus dem Malkasten.

Diesen Garten sehe ich auf der anderen Seite vom Bahndamm begrenzt, eine nur für Reisende, flüchtig, einsehbare Abgeschiedenheit mitten in der Großstadt. Jetzt, in der Erinnerung, ist der Garten, wenn ich auch blind einen Plan von ihm zeichnen könnte, doch zuallererst ein flimmerndes Muster aus schlaglichtartigen Eindrücken, in denen jeweils eine Einzelheit dominiert und alles andere in konzentrischen, sich allmählich verlierenden Kreisen um sich ordnet: das Gewimmel der Wespen über den im Gras verfaulenden Birnen, im finsteren Treppenhaus das Warten auf das Ende eines Hagels, der im ekstatischen Geprassel eine Winterlandschaft hervorzwingt, gelbe, weiße und rosafarbene kugelrunde Bonbons, ein Sternenhimmel über den verschneiten Birnbäumen, ein fremdes Kind mit schmutzigen nackten Füßen, das an einem stürmischen Spätsommertag unter großen schnellen Wolken auf einmal da ist, auf die Birnbäume klettert und sich bis an die Enden der ausladendsten Äste vorschiebt, dort, wo niemand vorher gewesen ist.

In diesem Garten also, ich sehe es vielleicht auch deshalb so deutlich vor mir, weil Träume im Lauf der Jahre die Erinnerung immer wieder aufgefrischt haben, stand eine alte rostige Badewanne, in der man Regenwasser für die Beete auffing. In einem Traum, ich mag ihn vor ein paar Wochen geträumt haben, nachmittags in einem Hotelzimmer in Reykjavík, sitze ich in dieser Wanne, das laue, brackige Wasser, von grünschwarzer Farbe, reicht mir bis an die Brustspitzen. Das Wasser ist körperwarm, und es geht ein Geruch wie von fauligem Tang davon aus. Auf dem Wannenrand gehen winzige Frauengestalten auf und ab, die Fäuste gegen die Hüften gestemmt, wie in ungeduldigem, schon ein wenig zornigem Warten. Leider sind ihre Stimmen zu leise, als daß ich verstehen könnte, was sie sagen; sie reden jedenfalls unentwegt durcheinander. Ich hätte ihnen gerne zugehört, ihnen auch geantwortet, denn ich kenne alle diese Frauen, irgendwann hat jede einmal eine Rolle in meinem Leben gespielt, bei einer oder zwei mag es sogar umgekehrt gewesen sein. Manchmal bleiben sie stehen und beugen sich gefährlich über den Wannenrand, als wollten sie ins Wasser springen. Ihre Brüste, kleiner als Kirschkerne, hängen dann frei herab.

Mir fehlt im Traum der Mut zu atmen. Vage Hoffnung auf

Rettung aus der Luft. Aus der Luft könnte Hilfe kommen, denke ich die ganze Zeit sinnlos. In großer Höhe sammeln sich nämlich riesige Vogelschwärme, formieren sich für einen Auszug, der, wie jeder weiß, diesmal endgültig sein wird.

Dann wird es Winter, in einem raschen, gleichgültigen Sprung, wie in dem Film *Die Zeitmaschine*. Die Frauen sind noch immer da, wie auch ich, sie spiegeln sich in der Eishaut, die sich auf dem zugleich noch immer lauwarmen Wasser in der Wanne gebildet hat. Wie durch eine starke Lupe betrachtet, zeigen sich im Eis Falten, Leberflecke, Härchen, kleine Narben, Hautunreinheiten.

Das letzte Bild des Traumes zeigt den leblosen, braunen und grauen Garten dann von fern, von meinem Kinderzimmerfenster aus betrachtet, eine vorfrühlingshafte Totenlandschaft. Es ist mir, als sitze jemand in der alten, mit fauligem Wasser gefüllten Wanne, eine nackte Frau oder ein verrückter Mann, dergleichen ist so oft ausgemalt worden, damals. Es ist auch, so sehr ich mich bemühe, nicht zu erkennen, ob sich in der Wanne schon eine Eishaut gebildet hat oder ob das Wasser darin vielleicht schon bis zum Grund gefroren ist.

Ich habe diesen Traum Dr. Rask erzählt, beim Schachspielen. Wir sind schon kurz nach seiner Ankunft – ich sollte besser sagen: nach seiner Rückkehr – in dieses Ritual verfallen: Jeden Sonntagnachmittag, wenn Dr. Rask seinen Nachmittagsschlaf beendet hat, spielen wir in seinem Zimmer im Altenheim Schach, immer nur eine einzige Partie, so kurz sie auch ausfallen mag. Wenn ich sein Zimmer betrete, sind die Figuren immer schon aufgestellt, und ein Stuhl ist an das Tischchen gerückt.

Danach gehen wir oft spazieren, zum Fjord hinunter oder ins Zentrum, er erzählt dann gern von den merkwürdigen Dingen, die er in seinen alten Büchern gelesen hat. »Es kommt mir so vor, als ob ich als Arzt die Menschen zu sehr als Körper erlebt habe, dabei bestehen die Menschen größtenteils aus Phantasien, Illusionen, falschen Vorstellungen«, hat er letzte Woche einmal gesagt. Ich halte das für falsch, aber ich habe ihm nicht widersprochen.

Manchmal setzen wir uns auch zu den anderen Alten hinunter in den Fernsehraum. Dort wird immer ferngesehen, außer zur Schlafens- und Essenszeit. Keiner von den Alten hat von dem, was ihnen da tagtäglich gezeigt wird, jemals etwas mit eigenen Augen gesehen.

Als ich mit der Erzählung von meinem Traum fertig war, lehnte Dr. Rask sich in seinem Sessel zurück und sah mich an. Er hatte die Brille mit dem Goldrand abgenommen, wie oft beim Spielen. Seine blauen Augen drücken immer etwas wie eine schmerzhafte Erwartung aus; vielleicht ein Familienzug, denn auf dem Bild seiner Nichte, deren Augen aber grün sind, habe ich dieselbe Beobachtung gemacht.

Dr. Rask besitzt die Fähigkeit, anderen Menschen mit einer unfaßbaren Geduld zuzuhören, gleichgültig, was sie erzählen, und schließlich wird viel Unsinniges und Überflüssiges erzählt, darin unterscheiden sich die Menschen hier nicht von denen anderswo. Doch zwischen Wichtigem und Unwichtigem, zwischen sogenannten niedrigen und hohen Gegenständen zieht Dr. Rask keine Grenzlinien. Von den wissenschaftlichen Autoren, behauptet Dr. Rask, sind im Grunde nur diejenigen von Interesse, die die Entwicklung der Wissenschaft ins Unrecht gesetzt hat. In dem Augenblick, da er geäußert wird, so

Dr. Rask, ist jeder Satz gleich bedeutsam. Erst die Zeit wird ihn entwerten, unterschiedlich schnell, je nachdem, was der Satz dem Entwertungsprozeß entgegenzusetzen hat; abgeschlossen, zu Ende geführt wird dieser Prozeß jedoch in jedem Fall.

Dr. Rask ist von einer gleichbleibenden, offenbar keinen Launen oder Stimmungen unterworfenen Freundlichkeit. Nichts ist ihm gleichgültig, aber er ist wohl auch durch nichts mehr in den Auffassungen, die er sich über die Welt und die Menschen gebildet hat, zu erschüttern. Daß er auf das, was man ihm erzählt, meist kaum eingeht, vor allem aber niemals Ratschläge gibt (außer in medizinischen Angelegenheiten), selbst wenn er ausdrücklich darum gebeten wird, das wird einem merkwürdigerweise meist erst später bewußt.

Zeige- und Mittelfinger hatte er an sein Kinn gelegt, wie immer, wenn er zuhört oder überlegt.

»Es mußte wohl zu guter Letzt so kommen, daß Sie hier an diesem gottverlassenen Ort strandeten, einem Ort, der Ihnen meiner Meinung nach nicht guttut«, sagte er nach einer Weile, »aber lassen Sie uns nun weiterspielen.«

Ich hatte an diesem Nachmittag schon viele Figuren, auch die Dame, einen Läufer und beide Türme verloren. Ich bemühte mich, das Spiel dennoch zu gewinnen.

Meinen Morgenkaffee trinke ich in der Hotelküche, am Fenster stehend, um den geschäftig hin- und hereilenden Mädchen in ihren weißblau gestreiften Servierkleidern nicht im Weg zu sein. Auch wenn sie noch so sehr in Eile sind, unterhalten sie sich ununterbrochen in ihrem ostgrönländischen Dialekt, von dem ich kaum ein Wort verstehe. Manchmal lachen sie alle drei laut auf und schauen dann unwillkürlich, fast ein wenig schuldbewußt, zu mir herüber. Angesichts der Einförmigkeit, in der ihr Dasein verläuft, allem Anschein nach, ist es für mich das Erstaunlichste, daß sie immer über reichlich Gesprächsstoff verfügen, daß der Gesprächsfluß allenfalls für Sekunden einmal versiegt.

Mir selbst fiele, seit ich hier lebe, oft über Stunden nichts ein, was ich jemandem erzählen könnte.

Es gibt noch zwei andere Kellnerinnen, die aber nur mittags und abends bedienen und mit der Zubereitung des Essens nichts zu tun haben. Es sind Däninnen, Saisonarbeiterinnen gewissermaßen. Die eine hat wunderschöne blonde Haare bis zu den Hüften hinunter, die andere trägt eine große Brille. In der Küche geben sie sich hochmütig und ironisch, ihre Welt ist der unsrigen überlegen, selbst Larsen behandeln sie von oben herab, besonders die mit der Brille, Larsen aber begegnet entgegen seinem sonstigen Wesen ausgerechnet diesen beiden Frauen stets höflich und korrekt, und nicht einmal in ihrer Abwesenheit verliert er ein abfälliges Wort über sie.

Die drei Fenster der Hotelküche gehen auf die Straße hinaus, sie liegen also dem Fenster meines Zimmers entgegengesetzt. Meist sind um diese Zeit, gegen Viertel vor acht, schon ein paar Hotelgäste draußen zu sehen. Heute morgen zum Beispiel beobachtete ich eine junge Frau, fast noch ein Kind, genau war das nicht zu entscheiden, sie hatte um den Kopf gegen die Morgenkühle einen breiten Kaschmirschal gewickelt. Sie kauert auf den Fersen und krault einen der jungen Rüden, die frei herumlaufen dürfen, am Nacken. Der Hund wälzt sich auf den Rücken und versucht mit den Vorderpfoten nach den Händen der Frau zu haschen. Plötzlich wird die Frau still und nachdenklich, sieht erst wie abwesend auf den Hund, dann in die

Richtung der Felsen, hinter denen, ein paar Kilometer entfernt, das offene Meer mit dem Packeisgürtel beginnt. Genau in diesem Moment fangen die Serviermädchen hinter mir mitten im Durcheinanderreden ein paar Takte eines Liedes an, es ist ein schwermütiges, monotones Lied, das hier oft gesungen wird.

Solche Momente, in denen alles zum Stillstand kommt, alles sich verwundert anzublicken scheint, sind freilich unmeßbar kurz. Schon kommt Larsen herein, unrasiert, die Kochmütze schief auf dem Kopf, und schimpft, daß einer der Eisschränke nicht richtig geschlossen ist, die junge Frau draußen posiert für ein Erinnerungsphoto, es ist eine ältere Dame in einem Norwegerpullover, vermutlich die Mutter, die sich die Kleinbildkamera vors Gesicht hält.

Wenn ich an meine Kindheit zurückdenke, und das tue ich oft, aus Neugier, so kommt es mir so vor, als ob mein Dasein damals eine einzige Fassungslosigkeit gewesen sei, so wie die Substanz meines Lebens jetzt umgekehrt nur mehr im Ausfüllen einer Form besteht...

Eine andere Bewegungsart als die des Taumelns scheint es damals nicht gegeben zu haben. Man wurde nicht von selbst älter. Man wurde älter gemacht, die Zeit drang von außen auf einen ein. Es gab keine Erinnerung. Es gab immer nur die Spitze des Augenblicks, der man ausgesetzt war und vor der es kein Zurückweichen gab.

Ein Fluß, eigentlich immer im Sonnenschein, eine hohe helle Wohnküche, eine Wiese mit Wäschestangen, ein Bahndamm mit rostrot verfärbtem Schotter: Das sind die wiederkehrenden Dinge in meinen frühesten Erinnerungen, aus der Zeit, bevor wir in das alte Mietshaus in der Stadt zogen. Von manchem hat sich nur ein Raumgefühl bewahrt. Der Bahndamm verläuft stets am linken Rand der Erinnerung. Wenn der Abendzug seine gellenden Pfiffe ausstieß, rückte der Bahndamm plötzlich in beängstigende Nähe. Die untere Hälfte des Bildes wurde jetzt von dem Schotterdamm ausgefüllt, darüber die schwarze Silhouette des vorüberfahrenden Zuges vor einem erdbeereisfarbenen Himmel. Danach kam dann die Besänftigung: Der Bahndamm nimmt jetzt wieder seinen ruhigen Verlauf durch den gegenstandslosen Hintergrund der Erinnerung ein, links in ein Dunkel mündend, das ich mir nicht lange vorstellen kann, ohne daß sich die Erinnerung an gewisse Alpträume einstellte, die von der Finsternis, von Erblindung und Ertrinken handeln.

Jedenfalls, die Angst vor dem Alleingelassenwerden scheint in meinen ersten Lebensjahren die vorherrschende Empfindung zu sein, also die Angst vor demjenigen, das ich in letzter Zeit so, ich kann sagen, verbissen, herbeizuführen versucht habe. Ich kann mich an den Körper meiner Mutter kaum, an ihr Gesicht überhaupt nicht erinnern. Sie wirkte immer aus dem Hintergrund, aus einer sicheren, unumstößlichen Wirklichkeit heraus, die wohl keine Sichtbarkeit nötig hatte. Ihr Gesicht von damals, die grauen Augen, den kleinen Mund, kenne ich nur von Photographien. Sie ist bald eine Stimme, eine Berührung, eine Erwartung oder ein Angesehenwerden, nie eine vollständige Gestalt, die für sich war, wie die Kinder draußen auf der Wiese oder wie der Großvater, der hager und still in seinem braunen Anzug herumging.

Das Merkwürdigste freilich ist, daß ich all das behaupten, erzählen, wiedergeben kann, über einen mir fremden Menschen, den ich aber doch von innen sehe, von innen aus seiner unbegreiflichen Organisation hinaus in eine Welt von grotesken

Formen und Überdeutlichkeiten schauend, während ich gleichzeitig aus dem Fenster blicke, wo das Gras zwischen den Häusern in der Abendsonne leuchtet, jeder Halm für sich, könnte man meinen, und das Eis draußen im Fjord in eine fast schmerzhafte Helligkeit getaucht ist.

Ich denke oft noch an den Flug nach Island, an die Ankunft auf der wüsten Halbinsel Reykjanes. Von dort, stelle ich mir vor, ist ein konsequentes, lückenloses Weiterdenken möglich, durch die Tage des Wartens in Reykjavík und an anderen Orten Islands, und durch die ersten grönländischen Sommerwochen hindurch, bis zum jetzigen Augenblick, einer Nacht Mitte Juli, in dem ich von meiner Schulbank aus in eine blaue Dämmerung hinaussehe, die die roten Häuser violett und das Eis auf dem Fjord rosa erscheinen läßt.

Aus der Küche höre ich von Zeit zu Zeit das trockene, kratzende Husten Larsens. Gestern ist er betrunken aus dem Dorf gekommen und hat sich sofort hingelegt. Die Mädchen mußten sich allein um das Abendessen kümmern. Heute früh kam der Hotelleiter in die Küche, ich war gerade bei meinem Morgenkaffee. Er hat Larsen mit fristloser Kündigung gedroht, wenn so etwas noch einmal vorkomme. »So kann es unmöglich mit uns weitergehen, Larsen«, hat er fast flehentlich gesagt. Der Hotelleiter äußert Anweisungen, auch Drohungen, mit einer weichen und bedauernden Stimme. Das macht ihn nicht gerade sympathischer. Larsen zündete sich eine Zigarette an und wartete, den Kopf hin- und herwiegend, bis der Hotelleiter mit seinem Vortrag fertig war. Larsen kann es ganz egal sein, was der Hotelleiter sagt: Er weiß, daß man ihn nicht entbehren kann. Schließlich gibt es keinen anderen Koch im Ort.

Von Larsens Husten abgesehen ist es still, fast gespenstisch still, manchmal kann hier eine Stille ausbrechen, die ein Geräusch nicht einmal mehr vorstellbar macht, freilich nicht nur nachts, auch tagsüber, in den nächtlichen Mittagsstunden.

Doch es geht nicht um Larsen, ich wollte diese Nacht nutzen, um ein paar Erinnerungen vor mir auszubreiten. Nicht solche, die mit dem, der ich jetzt bin, nichts mehr zu tun haben, nicht die Ablagerungen von Augenblicken, die eben einmal stattgefunden haben, sondern solche Erinnerungen, die, wenn man so sagen kann, aus der Kindheit meiner Gegenwart stammen.

So könnte man so etwas vielleicht beginnen:

Die Landschaft war ockerfarben, wo sie von der Sonne beschienen wurde, dunkelbraun, wo gebirgige Erhebungen ihre symmetrischen Schattenflächen über sie breiteten. In der Ferne erwies sich bald als riesiger Gletscher, was zunächst für eine in der zweifellosen Klarheit dieses Tages eigenartig verlorene Nebelbank hätte gehalten werden können. Dann war eine Reihe von Kratern zu unterscheiden, von der Form der Krater auf dem Mond. Die Landschaft, auch sonst mondhaft in ihrer Leblosigkeit, im Fehlen einer entwickelten Pflanzenwelt, bot das Schlußbild einer Naturkatastrophe. Unverändert bis an die Meereslinie reichend, endete sie dort abrupt, als Steilküste, markiert von einem haardünnen leuchtenden Gischtstreifen. Als die Maschine dann an Höhe verlor, konnte ich einen aschenfarbenen Sandstrand erkennen, der sich wie ein Keil zwischen See und Klippen schob.

Zu beiden Seiten der Straße, die den Flughafen mit der Hauptstadt Reykjavík verbindet, erstreckt sich eine Lavawüste in verbrannten Grau- und Brauntönen. Die in dieser Gegend häufigen und reichlichen Niederschläge versickern sofort im porösen Erdreich, das kaum Vegetation zuläßt. Die Bergrücken am Horizont erscheinen dem Betrachter in einem ungegliederten Schwarz. Wo sie auseinandertreten, füllt das Meer den entstehenden Raum blendendweiß wie mit Quecksilber.

Von der Endhaltestelle des Busses fuhr ich mit dem Taxi zum Hotel. Die Straßen waren zuerst noch unbestimmt und planlos in ihren Verläufen, allmählich aber fanden sie sich wieder in die Ordnung, in der ich sie kannte. Alle meine Erwartungen waren auf das Wiedererkennen, also im Grunde auf die Vergangenheit gerichtet. Ich habe mir überhaupt nie etwas vorstellen können, was ich nicht schon einmal gesehen habe, Neues mit quälender Deutlichkeit immer nur als Modifikation des vorher schon Gewesenen erleben können.

Als das Taxi an einem leeren Fußballfeld vorbeifuhr, über dem gerade zwei oder drei Elstern aufflogen, fühlte ich alles um mich herum sich wiederholen: den Himmel, der so viel Platz brauchte, daß er die Häuser dicht gegen die Hügelkuppen preßte, die wie aus ihrem Inneren heraus durchleuchteten Gras- und Meeresflächen und die blendendweißen Häuser mit den blauen, roten, grünen Dächern, die etwas von der unbeirrbaren, in sich ruhenden Klarheit mittelalterlicher Glasmalerei hatten.

Heute habe ich in einer deutschen Zeitung, die ich von den Zimmermädchen bekommen habe, einen eigenartigen Artikel entdeckt. Er hat folgenden Wortlaut:

Die russische Polizei hat in der Wolga-Region per Zufall einen 53jährigen Mann aufgespürt, der drei Jahrzehnte lang zusammengekauert in einem winzigen, fensterlosen Kellerraum hauste. Wie die russische Presse am Samstag berichtete, lebte der Mann von Nahrungsmitteln, die ihm seine 80jährige Mutter durch einen Türschlitz schob. Die Mutter gab an, ihr Sohn sei »ein ganz normales Kind« gewesen, bis er eines Tages aufgehört habe zu sprechen. In der Folgezeit habe er sich immer mehr von seiner Umwelt abgekapselt und schließlich ganz in den Kellerraum ihres Hauses in der Region Saratow zurückgezogen. In all den Jahren habe er sich geweigert, die Kammer wieder zu verlassen.

An jedem Tag, an dem Gäste abreisen und neue kommen, was viermal in der Woche der Fall ist, gehe ich nach dem Morgenkaffee zum Foyer hinüber, wo die abreisenden Gäste ihr Gepäck bereitstellen. An der Theke der Rezeption, die sich gegen den Hintergrund zu einem Tresen erweitert, stand heute morgen ein japanisches Ehepaar und drehte rastlos den Postkartenständer. Auf einem Barhocker saß ein Deutscher in Bundhosen und buntgemusterten Kniestrümpfen, mit Haaren in den Ohren, vor sich ein halbleeres Glas Bier.

Ich trage die Koffer, Taschen und Rucksäcke vor den Eingang. Anfangs habe ich dabei ein leichtes Gefühl der Demütigung gehabt, besonders wenn Frauen da waren. Das ist vorbei, ich habe mit diesen Menschen keine Gemeinsamkeiten mehr, selbst wenn sie aus meiner Geburtsstadt kämen. Dann lade ich das Gepäck in den grauen Kleinbus, der am Straßenrand steht. Nachdem ich alles verstaut habe, lasse ich den Wagen an, um zum Helikopterlandeplatz zu fahren.

Die Straße ist asphaltiert, doch ist der Belag unter dem Sand und Geröll, das Wind und Regen vieler Jahre darübergebreitet haben, fast völlig verschwunden. In der Tiefe dehnt sich der Fjord, tintenblau, mit dem reglos schwimmenden Eis. Die Morgensonne bricht sich in den Scheiben der roten, blauen und türkisfarbenen Häuser. Die Türen stehen überall offen; es wimmelt von kleinen Kindern. Die größeren spielen Fußball oder sind mit Angeln über den Schultern unterwegs. Wohin man sieht: Überall balgen sich die Welpen der Schlittenhunde im Gras. An manchen Häuserwänden hängen Fische an hölzernen Gestellen zum Trocknen.

Mit einem Hupen versprenge ich ein paar Jungen, die auf der Straße mit einer Bierdose Fußball spielen. Einer von ihnen streckt den Mittelfinger in die Höhe, während ich vorbeifahre.

Ein Grönländer mit dunkler Hautfarbe und graublauen Kraushaaren hängt vor seinem Haus Wäsche auf, ein kleines Mädchen, seine Tochter, sitzt in einem grellgelben Anorak daneben im Gras und ist ganz darin versunken, sich Wäscheklammern in das glänzende schwarze Haar zu stecken.

Den Vater des Mädchens kenne ich recht gut. Es ist Aqqalu, der unser Dorf als Abgeordneter der sozialistischen Partei im grönländischen Parlament vertritt. Er fliegt daher oft nach Nuuk und bringt mir Zeitungen von dort mit. Man könnte sagen, wir sind Freunde. Er nickt mir zu, die absolut nicht wegzudenkende selbstgedrehte Zigarette im Mundwinkel, und natürlich nicke ich zurück.

Ich parke den Kleinbus vor der rotgestrichenen Holzbaracke des Landeplatzes und trage die Gepäckstücke in den Warteraum. Frau Iversen, die Angestellte, die das Gepäck zu wiegen und die Flugscheine der Passagiere zu kontrollieren hat, ist noch nicht erschienen. Beim Ausladen lese ich die Adreßschilder an den Gepäckstücken, nicht aus Interesse, sondern ganz mechanisch, denn ich habe dasselbe schon bei der Ankunft der Gäste getan. Ehepaare und Kleinfamilien mit halbwüchsigen oder bereits erwachsenen Kindern, sie kommen aus Deutschland, Japan, Frankreich, den Niederlanden, manchmal aus den Staaten oder aus Kanada. Unter den Sommergästen gibt es kaum einmal einen Einzelreisenden.

Wenn ich mit dem Ausladen fertig bin, trete ich ins Freie. Manchmal zünde ich mir dann eine Zigarette an. Das klare Morgenlicht rückt die ockerfarbenen Felswände auf der anderen Seite des Fjords in unwirkliche Nähe. Über den in der Sonne liegenden Schneeflächen Leere und Kälte. Betrachtet man die scharfen Schatten und Risse der Felsmassen, die Rundungen und Bruchstellen, so hat man plötzlich das Gefühl, auf die Wände zuzuschweben, in einer schamanistischen Körperverlassenheit. Das Ganze dauert so lange, bis ich von der Straße her das Klappern von Stöckelschuhen höre. Frau Iversen, in einem hellen Übergangsmantel, hebt die Arme: Es kommt mir weniger vor wie ein Winken als wie eine Gebärde der Auflösung.

»Wenn ich Ihnen einen guten Rat geben darf, lieber Johannes«, sagt sie atemlos, »heiraten Sie nicht, und setzen Sie um Himmels willen keine Kinder in die Welt. Sie werden es jeden Tag aufs neue bereuen.« Etwas Ähnliches sagt sie beinahe jeden Morgen: Es ist ihre Art, ihren Mutterstolz auszudrücken und gleichzeitig als eine noch junge, erwartungsvolle Frau zu erscheinen. Ich frage mich dann oft, wie alt Frau Iversen wohl sein mag. Das Alter grönländischer Frauen ist, wenn sie nicht mehr blutjung sind, schwer zu schätzen, ich habe es bis heute nicht gelernt. Frau Iversen hat das dichte schwarze Haar der Urbevölkerung, es ist hinten zu einem Knoten aufgebunden, doch die Augen hinter der etwas altmodischen Hornbrille sind grau und gerade geschnitten.

Sie hat drei Kinder, drei magere Mädchen mit hohen Backenknochen und schmalen Lippen, die oft im Warteraum der Baracke spielen. Die zwei jüngeren sind Zwillinge, man könnte sie, wenn dazu irgendein Anlaß bestünde, an den Zahnlücken unterscheiden. Die Ältere trägt eine häßliche Brille mit einem runden roten Kunststoffgestell. Frau Iversens Mann hat, wie die meisten Menschen im Dorf, keine Arbeit. Eine Aushilfsstelle im Supermarkt, wo er Regale auffüllen sollte, hat er kürzlich gleich wieder verloren. Zum Fischen geht er wohl nur selten, denn er ist meistens betrunken. Die Kinder drehen den Kopf weg, wenn Iversen sie streicheln will. Im vergangenen Winter hat er versucht, sich mit Branntwein und Schlaftabletten das Leben zu nehmen. Seine Frau soll danach wochenlang kein Wort mit ihm geredet haben.

Frau Iversen kramt, noch immer atemlos, in ihrer Handtasche nach dem Büroschlüssel. Sie benutzt ein süßliches, durchdringendes Parfüm, das sie sich angeblich aus Kopenhagen schicken läßt. Ich gehe hinter ihr her und warte, bis sie hinter die niedrige, mit einer Blechplatte beschlagene Theke tritt und das Förderband anstellt.

So war es auch heute morgen. Durch die halboffene Tür ihres Büros war leise dänische Schlagermusik zu hören, immer wieder unterbrochen von einer fröhlichen Jungmännerstimme, die die Uhrzeit oder etwas über das Wetter verkündete. Ich legte die Gepäckstücke auf das Förderband, langsam, mit mechanischen Bewegungen, wie ich mich eben dessen entledige, was man von mir verlangt, verlangen darf. Einmal kam Frau Iversen mit gerunzelten Brauen aus ihrem Büro.

»Jetzt sehen Sie sich nur das an«, sagte sie und raffte ihren Rock in die Höhe, »jetzt habe ich mir auch noch eine ewig lange Laufmasche eingehandelt.« Frau Iversen hat schöne Beine.

Wenn sie mich fragte, ob ich mit ihr schlafen wollte, würde ich es wahrscheinlich tun.

Ein paar Minuten später wurde vom Fjord her Motorengeräusch laut. Das ist nichts Außergewöhnliches, ich trat aber doch vor die Tür der Baracke und sah aufs Wasser hinaus. Gegen das im Sonnenlicht gleißende Eis, es schien wie von innen heraus zu glühen, wirkte das Wasser wie Tinte. Durch die Fahrrinne glitt ein Katamaran, bestimmt kein Fahrzeug aus dieser Gegend. An der Reling standen ein paar Gestalten in orangefarbenem Ölzeug.

Ich weiß nicht, warum mir gerade in diesem Moment einfiel, daß ich als Kind immer geglaubt habe, man müsse, um an einen sehr weit entfernten Ort gelangen zu können, nur lange genug die Augen geschlossen halten. Jetzt hatte ich für ein paar Sekunden das Gefühl, tatsächlich auf diese Weise hierher, in diese menschenfeindliche Abgeschiedenheit, wie viele sie nennen, geraten zu sein.

Ich nahm die dunkelblaue, enganliegende Mütze, die ich außerhalb meines Zimmers fast immer trage, vom Kopf und fuhr mir mit gespreizten Fingern durchs Haar; möglicherweise tue ich das öfters am Tag, es gehört zu den Gesten, die sich außerhalb meines Bewußtseins vollziehen. Aber eine der Gestalten an der Reling hat diese Geste für ein Winken gehalten und winkte zurück, langsam, wie sehnsüchtig oder besänftigend den Arm schwenkend.

An dem Tag, als ich nach Island flog, hatte ich Kopfschmerzen. Sie waren nicht sehr heftig an diesem Tag, eigentlich war es weniger ein Schmerz als ein ununterbrochenes Bewußtsein von der Schwere des Kopfes, ein Gefühl, das seine Umrisse vermaß.

Schon als Kind hatte ich diese unregelmäßig wiederkehrenden und oft sich zu großer Heftigkeit auswachsenden Schmerzen als den entscheidenden Unterschied zwischen mir und den anderen ausgemacht. Etwas Unverständliches geht vor im Kopf, eine hämmernde, dröhnende, glühende Betriebsamkeit, deren Produkte nicht preisgegeben werden. An anderen Tagen war es aber auch ganz anders, nämlich so, als ob sich eine öde reglose Landschaft undurchquerbar zwischen mir und den mir am nächsten stehenden Menschen ausdehnte.

In dem Lokalzug, mit dem ich von meiner Heimatstadt zum Flughafen gefahren bin, durch einen glühend heißen, wie hinter einer Staubwolke flimmernden Sonntag nachmittag hindurch, hatte ich mir kurz vorstellen können, diesen Kopfschmerz einfach zurückzulassen. Dann aber bin ich mir auf einmal sicher gewesen, dieser Schmerz, wenn er auch gar nicht so groß schien, müsse, außerhalb des Kopfes gedacht, wie die Chinesische Mauer noch vom Mond aus mit bloßem Auge zu erkennen sein, ein Gebilde von schreckenerregender Formlosigkeit.

Jedenfalls, nach meiner Ankunft in Reykjavík bin ich sofort mit einem Taxi zum Hotel gefahren. Ich habe mich auf das Bett gelegt und trotz der Kopfschmerzen eine Zigarette geraucht.

Ich will versuchen, etwas deutlicher zu werden, der Deutlichkeit der Erinnerung stärker Rechnung zu tragen: So still war es nämlich in diesem Hotelzimmer, daß ich das Knistern der sich in den Tabak fressenden Glut hören konnte. Dem Schatten der aufsteigenden Rauchsäule an der Wand konnte ich mit den Augen folgen, ohne den Kopf zu bewegen. Das Licht der Abendsonne an der gekalkten Wand war von einem bräunlichen Gelb, ein fahles Gespinst, ein Vergangenheitslicht, wie es oft in Träumen herrscht, ich stellte mir vor, wie es auch an der rauhen

Struktur des Kalkanstrichs nicht lange mehr Halt fände, allmählich abglitte, einer bläulichen Dämmerung wiche, die ich mir ähnlich dachte wie das düstere Nachtlicht, das über das Dorf und den Fjord gebreitet ist, in diesem Augenblick, ein Licht, in dem das Eis draußen auf dem Fjord merkwürdig lebendig wirkt und in dem doch gleichzeitig keine Bewegung, kein Geräusch, keine Veränderung denkbar ist.

Ich habe also auf diesem Bett gelegen, in all meinen Kleidern, auf einer gehäkelten roten Überdecke, die ich nicht abnehmen wollte, ich dachte daran, daß ich noch vor ein paar Stunden in meinem Zimmer gesessen hatte, auf einem zurückgebliebenen Stuhl mit abgebrochener Lehne, denn natürlich hatte ich meine Habseligkeiten längst fortgeschafft, verkauft, verschenkt, im Keller meiner Schwester untergestellt, von wo sie niemals mehr abgeholt werden, an dieses Zimmer dachte ich, wo dicht unter dem Fenster die Trambahn in den Schienen kreischte, an einen Fleck an der Wand, wo früher einmal ein Bild gehangen hatte, und dann an das grönländische Zimmer, das inzwischen geweißte, von den Bildern meines malenden Vorgängers gereinigte, das ich in ein paar Tagen beziehen würde, das Ende meiner Reise. Ich erinnere mich, daß sich in einem augenblickskurzen Halbschlaf eine Beziehung herstellte zwischen den Zimmern, die mir jetzt wie einander benachbarte, aber abgeschlossene Zellen in meinem Gehirn erschienen, winzige, in Wahrheit fensterlose Kellerräume, in denen man sprachlos zusammengekauert haust.

Später fand ich in der Schublade des Nachttisches einen Zeitungsartikel in englischer Sprache. Es fehlte wohl mindestens eine Spalte, jedenfalls ging es darum, daß die Existenz außerirdischer Lebewesen einer Studie zufolge sehr unwahrscheinlich sei.

Das Hotel liegt in einem Viertel nicht weit von der Stadtmitte. Die Straßen führen immer aufwärts und abwärts, als spielten sie mit den Passanten. Die Häuser sind aus Holz oder Wellblech und haben große Fenster mit rot, blau oder türkisgrün gestrichenen Rahmen.

Alle diese Farben wirkten auf mich wie frisch aufgetragen auf Gegenständen, die unter dieser Schminke längst hinfällig und porös geworden waren. Ich vermied es, etwas zu berühren. Hinter den Fenstern sah ich eigenartige altertümliche Gegenstände, eine Jugendstillampe, einen Samowar, eine Porzellanfigur, eine nackte Frau mit knielangem Haar vorstellend, auf deren ausgestrecktem Arm ein großer Falke oder Adler saß. Ich bin stehengeblieben und habe die Figur so lange angeschaut, bis mich das plötzliche Gefühl, aus der Tiefe des Zimmers beobachtet zu werden, rasch weitergehen ließ.

Weil mir das Hotelzimmer zu eng war, ging ich noch lange in der Stadt herum. Der Abend war kühl. Die Straßen füllten sich langsam mit durchsichtigen blauen Schatten, aber die Körper der hoch über den Dächern schwebenden Möwen leuchteten noch in der Sonne.

Ich habe mich dann später gefragt, ob mich nicht die Hoffnung auf eine Begegnung davon abhielt, auf mein Zimmer zurückzukehren. Es war aber keiner von den Tagen, die es früher in meinem Leben gegeben hat, an denen ich mit aller Macht auf einen lebensentscheidenden Zufall wartete.

An einem Platz, der Hlemmur heißt, kaufte ich mir an einem Imbißstand ein rechteckiges Stück Pizza. Ein paar Jugendliche mit Baseballmützen standen um ein Cadillaccoupé herum; ein Mädchen mit langen blonden Haaren posierte lasziv auf der Kühlerhaube. Als ich zehn war, wollte ich sterben, weil ein

Mädchen mit solchen Haaren mich ausgelacht hatte, anstatt mich zu lieben. Zwei der Jungen begannen so zu tun, als photographierten sie das Mädchen aus allen Perspektiven.

Ich folgte mit den Augen den gelben Stadtbussen, die vom Busbahnhof gegenüber abfuhren oder dort eintrafen: Immer nur eine Handvoll Fahrgäste stieg aus oder ein, gerade so viele, daß man Lust hatte, sie zu zählen und zu unterscheiden.

Es war in diesem Augenblick, daß ich Agnes sah, wie sie in den Bus Richtung Kaupavogur einstieg. Der Augenblick zwischen dem bloßen Wahrnehmen und dem Wiedererkennen – nach so vielen Jahren – war, wenn es ihn gegeben hat, jedenfalls unmeßbar kurz. Hinterher hatte ich das Gefühl, als habe ich schon an sie gedacht, bevor ich sie gesehen hatte. Doch weiß ich, wie wenig man solchen Eindrücken trauen kann.

Als ich heute morgen das Haus durch den Kücheneingang verließ, um auf eine Tasse Kaffee bei Aqqalu vorbeizuschauen und mir sein Lexikon auszuleihen, sah ich auf der Straße einen Mann, der wohl Gast bei uns sein muß, obwohl ich ihn nicht vom Helikopterlandeplatz abgeholt habe. Es kommt vor, wenn auch selten, daß Gäste mit dem Schiff eintreffen. Meist sind es keine Touristen, sondern Geschäftsleute, Wissenschaftler – Leute, die jedenfalls nicht nur ausgefallene Orte sammeln, die sich nicht zum Vergnügen hier aufhalten.

Der Mann saß auf einem der flachen Steine, mit denen die leicht ansteigende Wiese auf der anderen Seite der Straße übersät ist. Obwohl er saß, war doch seine außergewöhnliche Größe das erste, was mir an ihm auffiel. In der einen Hand hielt er eine Zigarre, mit der anderen kraulte er das Nackenfell eines der Schlittenhunde, die erst dieses Frühjahr geboren wurden. Der

Hund hatte seine Vorderläufe auf die Knie des Mannes gelegt und verharrte reglos in dieser seltsamen Stellung.

Der Mann blickte nur kurz auf, als er meine Schritte auf der hölzernen Verandatreppe hörte. Seine Hand hielt dabei im Kraulen des Hundefells nicht inne. Aber ich glaubte doch, seinen Blick im Rücken zu spüren, bis ich an der Stelle angelangt war, an der die Straße einen Bogen beschreibt und dann mit zuerst sehr steilem Gefälle zum Ort hinunterführt.

Etwa eine halbe Stunde vor der Landung in Kulusuk überfliegt die von Reykjavík kommende Maschine, eine Fokker 50, die ersten Ausläufer des Packeisgürtels, der die Ostküste Grönlands auf ihrer ganze Länge beständig säumt.

Es sind drei- oder mehreckige Eisschollen, die im schwarzblauen Gewässer der Danmarksstraße manchmal langgestreckte, manchmal flächige oder gekrümmte Figuren vorstellen. Eine dieser Kolonien von Eisschollen erinnerte mich an einen Spiralnebel, den ich einmal durch ein Fernrohr betrachtet habe.

Schließlich werden dann, während die Maschine schon an Höhe verliert, die ersten Eisberge sichtbar, umrahmt von schimmernd türkisgrünem Licht, in der Form unregelmäßiger Pyramiden oder Quader, andere gleichen Backenzähnen oder Hufeisen.

Der Anblick der Packeismassen erweckt den Eindruck einer grenzenlosen, ungeordneten Fülle, in der man den kleinen Organismus, der man selbst ist, kaum mehr vorkommen spürt.

Die Insel Grönland zeigt sich dann von hier aus als eine unüberschaubare Kette steiler, dichtgestaffelter Berggipfel, deren Gletscher und Schneefelder sich weit im Hintergrund mit dem Inlandeis verweben.

Die Bergkette auf der anderen Seite des Fjords, die ich vom Fenster meines Zimmers übersehen kann, gehört zu den Nunatakken, den Bergen, die das Inlandeis wie eine Schüssel einfassen. Diese bis zu dreitausend Meter dicke Eisschicht bedeckt eine Fläche von einer Million achthundertdreißigtausend Quadratkilometern, wie ich heute Aqqalus Lexikon entnommen habe. Die Nord-Süd-Ausdehnung des Inlandeises beträgt zweitausendsechshundert Kilometer, von Ost nach West reicht sie sechshundertfünfzig Kilometer weit. Ich blättere gerne in solchen Lexika, es gefällt mir, wie die Dinge darin benannt, vermessen, in ein winziges Bild von klaren Farben und Linien verschmolzen werden.

Im vorigen Jahr habe ich einmal am Rande des Inlandeises gestanden. Von hier aus ist es nur mit dem Helikopter zu erreichen, es sei denn, man ließe sich, wie eine bestimmte Spezies vollbärtiger Deutscher dies gerne tut, auf eine tagelange strapaziöse und nicht ungefährliche Expedition ein. Steht man am Rande dieser Eisfläche, ist es vor allem ein Schmerz, den man zuerst empfindet, mir ging es so. Es ist nicht recht zu entscheiden, ob dieser Schmerz von der grellen Helligkeit, der Kälte oder vielleicht von der ungeheuerlichen Leere dort oben rührt. Türkisfarbene Schmelzwasserseen liegen vor einem, ihr Spiegel ist vollkommen reglos, der Himmel, dunkelblau, zerfurcht von den Kondensstreifen der Interkontinentalmaschinen, zeigt am Horizont einen weißlichen Schein, Spiegelung einer immer fort- und fortlaufenden Eisfläche.

Ich versuchte mir damals vorzustellen, daß die hier aufgetürmten, zusammengepreßten Eismassen ausreichen würden, um den gesamten europäischen Kontinent damit zu überziehen, mit einer etwa zweitausendfünfhundert Meter dicken

Schicht, die alles in sie Eingeschlossene bewahren würde, Jahrhundert für Jahrhundert, Jahrtausend für Jahrtausend, mit einer genauen, melancholischen und fast liebevollen Sorgfalt, das Gegenteil einer Sintflut also, die alles unterschiedslos fortwäscht, denn von nun an würde nichts mehr verlorengehen, die arktische Erinnerung ins Unermeßliche ausgedehnt, gleichzeitig aber auf einen einzigen Augenblick konzentriert, den Augenblick der Vereisung. Das Auffliegen der Tauben auf dem Markusplatz in Venedig wäre konserviert, Flanierende auf den Champs-Élysées, dem Kurfürstendamm, alle europäischen Gäste, die ich jemals gefahren habe, würden in ihrem Tun einhalten, im Gehen, Schreiben, Kopulieren, der Sprung eines Selbstmörders von einer Themsebrücke endete mehrere Meter über der Wasseroberfläche, Händedrücke, Umarmungen kämen nicht mehr zustande oder wären endgültig. Man liefe oben über das Eis, stellte ich mir damals vor, und freute sich, in der Tiefe die Linien und die verschiedenen Farbschattierungen wiederzuerkennen, wie man sie aus dem Atlas kennt, die Küsten, die großen Ströme, die dunklen Linien wären die Autobahnen. Flach auf dem Bauch liegend, schwebte man zweitausendfünfhundert Meter über dem Boden, ohne die Gefahr abzustürzen, allerdings, wurde mir dann bewußt, müßte man für diese Perspektive den Preis der Sterblichkeit zahlen, während all die anderen, indem sie den Zustand der Erinnerung angenommen hätten, mit der Zeit nichts mehr zu schaffen hätten.

Übrigens hatte ich anfangs damit gerechnet, daß ich hier auf Grönland von diesen Eismassen träumen würde, daß ihre Nähe nicht ohne Einfluß auf mein Bewußtsein bleiben könnte. Merkwürdig, daß sich das nicht bewahrheitet hat, das Eis hat in meinen Träumen gegenüber früher nicht zugenommen.

Freilich ist es nicht so, daß ich mich niemals fragen würde, wie es jenseits des Packeisgürtels eigentlich weitergegangen ist und wie es wohl weitergeht.

Es ist ja gerade erst zwei Monate her, daß ich endgültig weggegangen bin, zunächst für zwei Wochen nach Island, um dort den Beginn der Saison in Grönland abzuwarten, dann hierher.

Allerdings, die Monate zwischen meinem ersten Grönlandaufenthalt und meiner Rückkehr bilden die wesenloseste Phase meines Lebens, nichts Wirkliches scheint geschehen zu sein; jetzt schon glaube ich zu spüren, wie der Grönlandsommer des vorigen Jahres mit dem jetzigen zusammenwächst. Die Wolken, die den Winter über die Stadt überquerten, hatten mich oft daran erinnert, was ich vorhatte.

Am ersten Sonntag nach meiner Rückkehr betrat ich Dr. Rasks Zimmer und fand die Schachfiguren aufgestellt vor, den Stuhl vor das Tischchen gerückt, als ob meine Abwesenheit niemals stattgefunden hätte. Oder als ob meine Abwesenheit die ganze Zeit eine Unvollständigkeit bedeutet hätte.

Trotzdem: Ich denke manchmal darüber nach, wie meine Bekannten und Geschwister weiterleben, älter werden, wie sich vielleicht Paare trennen und neu bilden: Vorgänge, denen, von hier aus betrachtet, keinerlei Dramatik innewohnt.

Vielleicht hat meine Schwester noch ein Kind bekommen, ich erinnere mich, daß sie sich noch eines gewünscht hat. Vielleicht ist jemand umgezogen, hat seine Arbeit verloren, ist von einer rätselhaften Krankheit befallen worden oder hat eine Reise nach Amerika gewonnen, hat bei dieser Gelegenheit vielleicht sogar Grönland überflogen. Alles geht seinen Gang, ohne Zweifel.

Glücklicherweise sind meine Bekanntschaften der letzten Jahre fast alle so flüchtig gewesen, daß wohl niemand ernsthaft auf den Gedanken kommen wird, Nachforschungen über meinen Verbleib anzustellen: Dieser Zeitvertreib bleibt mir also selbst vorbehalten.

Jedenfalls, das ist meine unverrückbare Überzeugung, muß hier die Zeit unendlich viel langsamer vergangen sein: Unwillkürlich stelle ich mir die Leute von früher, die damals gleichaltrig mit mir waren, jetzt viel älter vor. Daran merke ich, daß diese Vorstellungen keine Erinnerungen sind, sondern ein Versuch, die Gleichzeitigkeit einzufangen. Es hat mich immer verwirrt, mir die ununterbrochene Gleichzeitigkeit aller vorhandenen Orte vor Augen zu halten. Oft kommt es mir so vor, als gebe es diese Gleichzeitigkeit gar nicht, als könne es sie gar nicht geben: Dann würde schon die Ungleichmäßigkeit des Zeitverlaufs meine Unauffindbarkeit gewährleisten.

Es kann sein, wenn Leben, wie manche sagen, Veränderung ist, dann lebe ich nur ganz wenig. Mein Verbrauch an Zeit ist verschwindend gering, gemessen an den Unmengen von Zeit, die sich die Eismassen ringsum auf dem Meer und auf den Bergen zum Entstehen und Vergehen nehmen. Jede einzelne Kristallbildung nimmt unbeirrbar den ihr zustehenden Zeitraum in Anspruch.

Was meine Erinnerungen angeht, so bleiben sie unversehrt, denn es kommen keine neuen hinzu, die die bereits vorhandenen überlagern, verändern oder in Frage stellen könnten.

Hätte man so etwas wie eine Lebensgeschichte, so wären die Bedingungen, sie niederzuschreiben, hier und jetzt ideal, hätte sich das Material der Erinnerung unter der erstarrenden Gewalt doch bereits verfestigt. Ich schätze mich freilich glücklich, über eine solche Geschichte nicht zu verfügen.

Zweifellos ist es verständlich, wenn die Menschen Biographien lieben, Geschichten sinnvoll verketteter Ereignisse, vor allem solche, die in greifbaren, erinnerlichen Leistungen kulminieren. 1888 überquerte Fridtjof Nansen von unserem Dorf aus das Inlandeis auf Skiern. Unten im Zentrum, gleich neben der alten Kirche, gibt es einen Gedenkstein, der auf dieses Ereignis hinweist. Kein Tourist, der diesen Stein nicht photographierte, mit einem Gefühl der Genugtuung und vielleicht auch der Erleichterung, denn Spuren von Biographien finden sich hier sonst nicht.

Der zweite Tag in Reykjavík. Ich werde mit dem zweiten Tag fortfahren. Ich hob den Hörer des Münzfernsprechers in der Hotelhalle ab und wählte eine Nummer. Nachdem das Freizeichen sieben- oder achtmal ertönt war, hängte ich ein. Die Nummer hatte ich aus dem Telefonbuch herausgesucht, dem isländischen Telefonbuch, das als vermutlich einziges auf der Welt nach Vornamen geordnet ist. Die Nummer war die einer Frau, mit der ich zur Schule gegangen bin, vor zwölf oder vielleicht fast fünfzehn Jahren, und deren Gesicht ich plötzlich inmitten einer Gruppe von Menschen unterschieden hatte, die in einen Linienbus mit bereits laufendem Motor einstiegen. Ich wußte nicht recht, was ich mit Agnes reden würde, es war mir auch gleichgültig, was sie nach Island verschlagen hat, aber ich hatte Lust, sie zu sehen.

Ich verließ dann das Hotel und schlug die Richtung zur BSÍ-Station ein, dem Bahnhof für Überlandbusse am Rand des Stadtflughafens.

Die Sonne schien, gleichzeitig aber war der Himmel fast vollständig bedeckt mit Wolken, die bläulich und ineinander verfließend waren wie mitten in einem Regen.

Vor dem Stadtflughafen reichten die Wolken bis auf die Erde, trieben als kalter Rauch über den mit hohem Gras und Unkraut bewachsenen Boden, auf dem dabei noch immer ein blasser Sonnenschein lag. Ein in der Nähe landendes Flugzeug konnte ich nur hören. Ein aus dem Gestrüpp auffliegender Elsternschwarm wurde sofort von der Wolkendecke verschluckt.

Ich setzte mich in die Cafeteria des Busbahnhofs, die vom Wartesaal nur durch ein hölzernes Geländer getrennt ist. Dort waren die himbeerfarbenen Sitzreihen jetzt fast leer, unter den wenigen Wartenden ist mir nur eine ältere Frau in einem kanariengelben Kostüm in Erinnerung geblieben; auf ihrem Schoß lag eine riesige schmutziggraue Katze.

Als ich das Brummen einer Propellermaschine hörte, blickte ich unwillkürlich auf. Durch die breite Fensterfront drang in diesem Augenblick ein so helles Licht, daß die Neonröhren an der sehr hohen Decke keinen Schein verbreiteten.

Hatte ich mich tags zuvor bei meinem ersten Gang durch die Stadt an vieles nicht erinnern können, was schon im Jahr zuvor bestanden haben mußte, so hatte ich in dieser Cafeteria das Gefühl, mich in einem Raum zu befinden, der schon vor langer Zeit seine endgültige, nicht mehr veränderbare Gestalt angenommen hatte. Der imitierte Parkettboden mit den im Gegenlicht sichtbaren Kratzern, die Tischplatten ebenfalls aus hellem Holzimitat, übersät mit den immer genau gleich großen braunen Ringen von den Kaffeetassen; die beiden Kannen in dem amerikanischen Kaffeebrühautomaten neben der Kasse, neben dem Teller für das Wechselgeld die gläserne Schale mit den in weißblaues Papier eingewickelten Zuckerwürfeln; an der Wand das fahrbare Metallgestell für die Tabletts: Alles deckte sich mit meiner Erinnerung in einer Vollkommenheit, als sollte mir damit etwas bewiesen werden: weniger meine Fähigkeit zur genauen Erinnerung als deren Sinnlosigkeit.

Unmittelbar vor den Fenstern liegt der asphaltierte, mit weißen Markierungen versehene Platz, von dem die Überlandbusse in alle Gegenden der Insel abfahren. Vor einem der Busse drängte sich eine größere Gruppe von Touristen. Der Busfahrer stand auf der anderen Seite des Busses und unterhielt sich mit einem Polizisten. Die dem Busfahrer viel zu weite dunkelblaue Uniformhose flatterte wie eine Fahne im Wind. Von Zeit zu Zeit blickte er mit einem traurigen und ratlosen Ausdruck an seinen Beinen herab.

In einem kleinen Zeitungsladen im Wartesaal kaufte ich eine drei Tage alte Ausgabe des *Observer*. Während der Verkäufer, ein hochaufgeschossener Teenager mit pockennarbigem Gesicht, das Wechselgeld abzählte, sah ich durch die Auslage auf die Frau mit dem gelben Kostüm, die jetzt auf ihre Katze einzureden schien.

Während ich quer durch den Saal auf den Ausgang zur Straße zuging, warf ich einen Blick auf die zweimal gefaltete Zeitung und erkannte auf einem Photo den Papst, der einem mir Unbekannten die Hand gab.

Draußen fiel nun ein leichter Regen, aus Wolken, die sich schnell in weißes, blendendes Licht zu verwandeln schienen. Ich überquerte den breiten, an den Rändern aus quadratischen Soden zusammengefügten Rasen, der den Busbahnhof von einer belebten Ausfallstraße mit dem Namen Hringbraut trennt. Ich sah, daß dort eine Autokolonne hinter einem Traktor immer dichter und länger wurde, und hatte dann plötzlich die Vorstellung, von dem gemächlichen Tuckern des Traktorenmotors, das viel lauter und deutlicher war als der übrige Verkehrslärm, ginge eine ganz und gar unbeirrbare Zielstrebigkeit aus.

Ich blieb stehen. Auf dem Klee zu meinen Füßen lagen kugelrunde Wassertropfen. Würde ich mich flach auf den Boden legen, überlegte ich, so könnte ich mein Gesicht in den Tropfen hundertfach gespiegelt sehen, verzerrt wie in der Unterseite eines Löffels.

Dann bemerkte ich, daß ich die Zeitung nicht mehr hatte. Ich drehte mich um und sah ein paar Meter entfernt einen älteren Mann in einem unförmigen Nadelstreifenanzug, der die Zeitung gerade mit einer raschen, verstohlenen Bewegung in seine Jackettasche gleiten ließ.

Gestern, beim Schachspielen, erzählte mir Dr. Rask etwas sehr Merkwürdiges. Ein Unbekannter habe ihn am Samstag mittag vor dem Supermarkt angesprochen und nach mir gefragt. Ob er mich schon länger kenne, wie ich heiße, wie lange ich schon hier lebe und arbeite. Er glaube mich zu kennen, aber er sei sich nicht sicher. Dr. Rask hat dem Unbekannten keine Auskunft erteilt. »Ich sehe nicht, was Sie davon abhält, dem Mann, den Sie zu kennen« glauben, selbst diese Fragen zu stellen«, hat er gesagt. Der Unbekannte sei daraufhin peinlich berührt gewesen und habe sich vielmals für seine Aufdringlichkeit entschuldigt. Obwohl es gerade erst halb zwölf war, sei er doch schon angetrunken gewesen.

Außergewöhnlich hochgewachsen, Stirnglatze, eine Brille mit getönten Gläsern, ein dunkelblauer Übergangsmantel: Ich erkannte den Gast, der am Freitag morgen vor dem Hotel auf dem Stein saß und den Hund kraulte, in Dr. Rasks Beschreibung sofort wieder.

Er fragte mich nicht, ob ich den Mann kenne; das wäre nicht seine Art gewesen. Ich sagte aber doch, daß dieser Mann mich mit jemand anderem verwechseln müsse. Dr. Rask nickte nachdenklich und sagte:

»Solche Verwechslungen kommen vor, zweifellos. Wissen Sie, Johannes, der Mann hat auf mich den Eindruck gemacht, als sei er sich seiner Sache ganz sicher. Vielleicht werden Sie darum kämpfen müssen, weiterhin Johannes Grahn zu sein. Aber wir wollen nun nicht mehr an diesen Menschen denken, vielleicht reist er ja bald wieder ab. Ich wollte Ihnen eigentlich ein Buch zeigen, das mir meine Nichte vor ein paar Tagen geschickt hat. Es wird Sie interessieren.«

Er hat mir ein Exemplar von Julius Payers *Österreichisch-Ungarischer Nordpolexpedition in den Jahren 1872–1874* mitgegeben. Dr. Rasks Nichte Sarah führt, wie er mir erzählt hat, ein kleines Antiquariat in Kopenhagen, nicht weit vom Nyhavn. Dr. Rask hängt sehr an ihr, nicht nur wegen ihrer Büchersendungen. Er wünscht sich wohl, daß sie ihn einmal besucht, aber er wagt es nicht, sie einzuladen.

In dem Exemplar sind viele Stellen angestrichen (ich weiß nicht, ob von Dr. Rask oder einem früheren Besitzer), zum Beispiel die folgende:

Der Effect, welchen die tiefe Temperatur innerhalb der Polarmeere ausübt, tritt als Eisdecke zur sinnlichen Wahrnehmung. Neun bis zehn Monate im Jahr wirkt diese erstarrende Gewalt; ihr Resultat müßte eine geschlossene, über die Pole reichende Hülle sein, wenn nicht Sonne, Regen, Wind, Wellenschlag und die Sprengung des Erstarrten durch rapid gesteigerte Kälte ihre Zerstörung und das Auseinandertreiben der Theile herbeiführen würden. Diese Auflösung der riesigen Eishülle in zahl-

lose Theile, Eisschollen genannt, ist die Ursache ihrer vergrößerten Ausbreitung und Beweglichkeit.

Oft ist mein Arbeitstag, wie heute, schon vor dem Mittagessen beendet. Ich gehe dann auf mein Zimmer und blättere ein wenig in den liegengebliebenen Zeitungen. Es sind neben den wissenschaftlichen Berichten vor allem die kleineren, nur einzelne Menschen betreffenden Artikel, die mich nicht eigentlich interessieren, aber doch meine Aufmerksamkeit auf sich lenken. Manchmal sind die Zeitungen schon eine Woche alt, für meine Zwecke spielt das keine Rolle. Aqqalu liest die Zeitungen, um den Anschluß an die Wirklichkeit zu halten, wie er das nennt, als Abgeordneter muß er über alles informiert sein; für mich sind die Zeitungen nur eine Zerstreuung; was ich darin lese, kann mich niemals betreffen.

Es kommt vor, daß ich mich auf das Bett lege, das vertraute Netz feiner Risse an der Zimmerdecke in Augenschein nehme und über die Menschen nachdenke, die ich am Morgen gefahren habe. Die Leute machen es einem freilich nicht leicht, über sie nachzudenken. Daß man sich hier die Klinke in die Hand gibt, wie man so sagt, daß die Gesichter in kürzesten Abständen ausgetauscht werden, gibt den Menschen etwas Nebelhaftes und läßt ihre Existenzen, um es geradeheraus zu sagen, ebenso sinnlos erscheinen, wie sie es wohl tatsächlich sind.

Es ist also übertrieben, wenn ich behaupte, über die Menschen nachzudenken; tatsächlich rufe ich mir Einzelheiten ins Gedächtnis, die aus welchem Grund auch immer haften geblieben sind, und verwebe sie in irgendwelchen Betrachtungen und Phantasien, über denen ich nicht selten einschlafe. Ich stelle mir vor, wie Paare zusammenleben, die sich nicht einmal angesichts der grönländischen Landschaft etwas zu sagen haben, ich stelle mir die Tage eines jungen Mannes vor, der einen orthopädischen Schuh trägt, oder das Leben einer attraktiven jungen Frau, die aber lispelt und dabei ständig Speichel zwischen den Lippen hat, das Leben eines übergewichtigen Zollbeamten, eines ländlichen Sparkassenleiters, eines Zöglings eines Schweizer Mädcheninternats oder eines schweigsamen Brüsseler Zahnarztes.

Diese Beschäftigung langweilt oder unterhält mich je nach Laune, aber manchmal geht mir der Gedanke durch den Kopf, ob nicht vielleicht jeder dieser Menschen etwas von mir fortnimmt und etwas Fremdes zurückläßt, das mich immer stärker überwuchert und mich mir selber unähnlich macht, während ich mir gleichzeitig einbilde, in diesem Nebel von Gestalten und Gesichtern fester, ruhiger und unberührbarer zu werden. Aber warum sich nicht in irgend jemand, in irgend etwas anderes verwandeln?

Wenn ich nicht lese und die Hotelgäste mich langweilen, stehe ich oft, wie auch heute, nur am Fenster und rauche eine Zigarette. Die Mittagsstunden sind ein wenig unangenehm. Der Himmel ist so hoch, als wäre man noch ein Kind. Trotz der Entfernung, es ist etwa ein Kilometer zum Wasser hinunter, ist um diese Zeit das Brummen eines Motorbootes, das sich mit hoher Geschwindigkeit zwischen den Eismassen im Fjord bewegt, mit großer Deutlichkeit zu hören.

Dann war es wieder still. In der grellen Mittagssonne wirkten die Häuser am Hang zusammenhangloser als in den Übergangsstunden. Es war, als seien sie noch ein wenig weiter auseinandergerückt. Ein Geländewagen verschwand zwischen Häusern und tauchte wieder auf, eine graue Staubwolke nach sich ziehend, die sich nur langsam wieder auflöste, wie die Kondensstreifen am Himmel. Erst in ein paar Stunden, ging es mir durch den Kopf, werden die Dinge wieder anfangen, Schatten zu werfen.

Manchmal verzichte ich auf das Essen in der Hotelküche. Das Essen hier ist gut, wahrscheinlich besser als irgendwo sonst am Hintern Grönlands, wie die Menschen hier den Osten der Insel nennen. Larsen versteht sein Handwerk – mehr als ein Handwerk ist das Kochen für ihn nicht, er selbst hat für verfeinerte Genüsse keinen Sinn. Am Essen liegt es also nicht, aber an gewissen Tagen bedrückt es mich zu sehr, in der Hotelküche zu sitzen. Da ist dieses Neonlicht, das aus irgendeinem Grund niemals ausgeschaltet wird, obwohl die Küche drei Fenster hat. Da ist dieses unablässige Geräusch der Schwingtür – wie in dem Tati-Film –, wenn die Mädchen hin- und hereilen, um die »Herrschaften« draußen zu bedienen (Larsen bezeichnet die Gäste immer nur als Herrschaften, er könnte seine Geringschätzung gegenüber diesen Leuten nicht treffender zum Ausdruck bringen).

An solchen Tagen ziehe ich es vor, in die Grillbar unten im Dorf zu gehen. Es riecht dort nach altem Fett, und obwohl kein Alkohol ausgeschenkt werden darf, sind immer Betrunkene da; es kommt auch vor, daß Kinder darunter sind. Man ißt im Stehen an klebrigen Kunststofftischen und sieht, um von den Trinkern in Ruhe gelassen zu werden, interessiert durch das Fenster auf die alte rotgestrichene Holzkirche auf dem Hügel, die im vorigen Jahr in ein Heimatmuseum umgewandelt wurde.

Heute traf ich Aqqalu in der Grillbar; er erzählte, wie er es oft tut, von den Parlamentssitzungen in Nuuk, von den letzten Beschlüssen und von seiner Arbeit als Volksvertreter. Ich hörte ihm aufmerksam zu, denn seine Erzählungen handeln von Veränderungen, von einem Leben also, das das meine um Wirklichkeiten übertrifft. Seine Position ist schwierig, denn die meisten Leute hier erwarten sich aus der Hauptstadt nichts Gutes. Während es den Menschen dort im Südwesten immer bessergeht, die Arbeitslosigkeit sinkt und man offenbar in eine gesicherte Zukunft blicken kann, ist hier bei uns im Osten, am Hintern Grönlands, alles beim alten geblieben, soviel ich verstanden habe, die wenigsten finden eine Arbeit, für die jungen Leute gibt es keine Alternativen, sagt Aqqalu, der Kampf gegen den Alkohol scheint aussichtslos, Selbstmord soll unter den Jüngeren die häufigste Todesursache sein.

Vor ein paar Jahren haben sechs Jugendliche aus unserem Ort, zwei Mädchen und vier Jungen, im Alkoholrausch gemeinschaftlich Selbstmord begangen. Ich kann mich erinnern, damals davon in der Zeitung gelesen zu haben, Grönland kommt in den Zeitungen ja nicht oft vor, damals setzte sich in mir ein seltsames Bild dieses Landes zusammen, voller Finsternis, Alkohol und Lebensmüdigkeit.

Während Aqqalu erzählt, sieht er immer wieder zu seinem Kind hinüber, Lisa heißt es und sitzt auf der Treppe vor der offenen Tür, eine große Puppe mit grellroten Zöpfen im Arm, der sie mit murmelnder Stimme endlose Geschichten erzählt. Wer ihre Mutter ist, weiß ich nicht, Aqqalu lebt allein mit Lisa, und das Kind scheint gar nicht zu wissen, daß ihm eine Mutter fehlt. Sie ist sehr menschenscheu, vor mir aber fürchtet sie sich inzwischen nicht mehr. Wenn ich bei Aqqalu zu Hause bin, greift sie nach meiner Mütze und der Sonnenbrille und setzt sie sich auf. Dann geht sie breitbeinig im Zimmer auf und ab, damit will sie wohl mich vorstellen. Das Bedürfnis, irgend jemand anderer zu sein, ist bei ihr wie bei allen Kindern sehr groß. Im letzten Jahr hat Aqqalu sie noch bei Nachbarn gelassen, wenn er nach Nuuk fliegen mußte. Inzwischen nimmt er sie überallhin mit.

Das Essen, panierte Fisch- oder Hühnerstücke mit Pommes frites, die auf Papptellern serviert werden, ist zu fett, als daß man es aufessen könnte. Danach ging ich in den Supermarkt hinüber und kaufte mir eine Dose Bier. Fast die Hälfte des Ladens wird von den grünen Carlsbergdosen-Pyramiden eingenommen. Es gibt auch Obst und Gemüse, das immer ein bißchen welk und angeschlagen aussieht, ganz anders als oben im Hotel. Oft sehe ich Hotelgäste im Supermarkt, üblicherweise übersieht man mich, denn schließlich bin ich in den Augen der meisten weit davon entfernt, ein Individuum zu sein.

Vor zwölf Uhr mittags darf in Grönland kein Bier verkauft werden, eine seltsame Regelung, die den meisten Touristen unbekannt ist. Die Frau an der Kasse nimmt dem Kunden wortlos die Bierdosen vom Band. Dabei macht sie ein pfiffiges und zufriedenes Gesicht, wie jemand, der überlegen einen Streich vereitelt, den man ihm spielen wollte.

Neben dem Ausgang, wo noch ein gesonderter Kiosk für Tabak, Süßigkeiten und Spirituosen untergebracht ist, standen Frauen und Männer in Gruppen und prosteten sich zu. Bekannte Gesichter: Frau Iversens Mann war dabei, Uqsina, der das einzige Taxi hier im Ort hat, dann ein Bruder eines der Küchenmädchen, eine eigenartige Erscheinung: Seine Haut ist dunkelbraun, sein Haar leuchtendgelb. Jetzt, in den Ferien, ist ab und zu eine von den Lehrerinnen mit von der Partie, heute war sie jedoch nicht da. Man hat als Fremder, als Außenstehender, den Eindruck, sie warten auf irgend etwas, doch das täuscht.

Heute allerdings fiel mir jemand auf, der nicht in die Gruppe gehört. Es ist nichts Besonderes, daß sich zum Beispiel ein Matrose unter diese Leute mischt. Aber der Mann, der Dr. Rask über meine Person auszuforschen versucht hatte, ist sicherlich kein Matrose. Die Geste, mit der er den anderen zuprostete, kam mir einstudiert vor. Ich kann es nicht näher erklären. Er blickte öfters über die Köpfe der Grönländer, die alle viel kleiner waren als er, hinweg in die Richtung der Geschäfte, dann über die Boote im Hafen, den Fjord. Fast hätte man glauben können, er sei der Besitzer von alledem.

Er hat mich angesehen, aber nur kurz, wie zufällig, derselbe zerstreute und gleichzeitig fragende Blick wie damals vor dem Hotel, und wieder spürte ich seinen Blick im Rücken, als ich langsam zum Hotel zurückging.

Ich sehe mich am rechten Ufer des kleinen Sees Tjörnin entlanggehen, der sich in Reykjavík vom Stadtzentrum in die Richtung des Nordischen Hauses und des Stadtflughafens erstreckt. Es ist windig, so sehr, daß schäumende, klatschende Wellen über den hellen Kies am Ufer rollen. Jeder Windstoß biegt die Fontäne in der Nähe des Südufers so weit um, daß ich einen Moment lang glauben kann, sie werde abbrechen.

Am Himmel viele Vögel, am tiefsten die grauen Wildgänse, die mit ihren Flügelspitzen beinahe den Wasserspiegel berühren, ganz oben die Möwen, schimmernd weiß unter braungrauem Gewölk. Es hat mir immer gefallen, wie sie sich mit bewegungslos ausgebreiteten Flügeln von den Luftströmungen tragen lassen.

Den leichten Regen spüre ich kaum als Niederschlag, eher als einen kühlen, gleichmäßig um mich her verteilten Dunst, den ein Windstoß wie einen Schleier fortreißen kann, der sich aber gleich wieder herabsenkt und die Dinge gerade dadurch eindringlicher macht, daß er sie unmerklich abdunkelt.

Eine Viertelstunde später sitze ich in einem winzigen Café in der Bankastræti, einer schmalen, lebhaften Straße im Zentrum mit alten Häusern. Das Café besteht nur aus zwei mit Zeitungen übersäten Tischen an beiden Fenstern und der Theke, die die Form eines halben Hufeisens hat. Das Café, so scheint mir, paßt zu Agnes, ohne daß ich diesen Eindruck begründen könnte. Ich bin mir sicher, daß sie kommen wird, obwohl ich sonst immer überrascht bin, wenn eine Verabredung tatsächlich eingehalten wird, eingehalten werden kann angesichts der Millionen möglicher Verhinderungsgründe.

Ich habe mich, da beide Tische besetzt sind, auf einen der hohen Barhocker gesetzt. Da ich mit meinen Füßen den Boden nicht berühren kann, fühle ich mich unsicher. Eine Wanduhr mit römischen Ziffern mir gegenüber zeigt Viertel vor zwei. Darunter steht auf einem Wandbrett ein Radiogerät, genau dasselbe Fabrikat, das bei uns in der Küche auf der Anrichte stand, als ich ein kleiner Junge war. Das Gehäuse ist aus einem dunkelbraunen, gebeizten und lackierten Holz, der Lautsprecher mit einem rauhen elfenbeinfarbenen Stoff bespannt; von derselben Farbe sind auch die klobigen Knöpfe, wie für den Gebrauch durch Kinderhände bestimmt.

Unwillkürlich blicke ich bei diesem Gedanken auf die Hände der Frau hinter der Theke. Die Haut ihrer Finger ist rissig und gerötet, so daß das Weiß der Nagelmonde auffällig hervortritt. Die tiefe Männerstimme aus dem Radio scheint die fünf oder sechs anwesenden Gäste, die aber dem Anschein nach in ruhigen Gedanken dasitzen, besänftigen zu wollen.

Die Frau legt von Zeit zu Zeit, in der Art älterer Leute, den Kopf schief und lauscht angestrengt der Radiostimme. In diesen Augenblicken werden auch die Hände starr und reglos, als ob schon die geringste Bewegung alles unverständlich machte.

Ich blicke dann wieder auf das Radio, das dort oben steht wie eine Erinnerung, die sich aus meinem Kopf befreit hat; vielleicht, so stelle ich mir vor, wird nun irgendwo daneben ein vom Speisedunst beschlagenes Küchenfenster entstehen, durch das, rieben sich die kleinen, an den Fingerkuppen mit Filzstift verschmierten Kinderpfoten ein Guckloch frei, ein schwerer und langsamer Schneeregen zu sehen wäre.

Wende ich den Kopf, sehe ich hinter den kleinen Scheiben die Gesichter der vorbeigehenden Menschen. Gesprächsfetzen klingen dumpf wie aus der Tiefe eines Kellergewölbes an mein Ohr. Das Dunkle, sozusagen Ummauerte der Stimmen steht in störendem Gegensatz zu dem Leuchten der meist im Halbprofil sichtbaren Gesichter, die vom Sonnenlicht aus einer plötzlich überall rissig gewordenen Wolkendecke beschienen werden.

Der rasche Wechsel von Wolken, Regen und Sonne an diesem Tag gibt mir das Gefühl, als vergehe die Zeit um mich her in atemberaubender Geschwindigkeit, während die Gedanken, Erinnerungen und Empfindungen in mir von der schweren, langsamen Traurigkeit sind, mit der sich die Insekten an den letzten sonnigen, aber schon kühlen Herbsttagen bewegen.

Als Agnes das Café betritt, muß sie sich nicht erst umsehen, bis sie mich entdeckt; sie hat mich vielleicht schon durchs Fenster gesehen. Ich mache wohl eine etwas lächerliche Figur, als ich von meinem Barhocker herunterrutsche, um Agnes zu begrüßen.

»Da bist du also wirklich«, sagt sie.

Ihr Haar ist zerzaust, der große Regenschirm in ihrer Hand trieft vor Nässe, trotz der Sonne draußen. Ihre Wange an der meinen fühlt sich kühl an. Dann sagt sie etwas auf isländisch zu der Frau hinter der Theke. Die Frau freut sich einen Augenblick lang; sie lächelt und nickt mir zu.

Wenn ich Menschen aus einem früheren Abschnitt meines Lebens wiedersehe, fällt es mir oft schwer, mich auf sie zu konzentrieren, ihnen zuzuhören. Ich beginne zu erinnern, ungeordnet, ohne Plan, die Bilder wechseln ohne Gesetz. Es ist nicht die bewußte Erinnerung vor dem leeren Blatt Papier, die einen Zusammenhang herbeischreibt, wo in der Wirklichkeit nie einer gewesen ist. Es sind bloße Ansichten – viel öfter von Räumen, Plätzen als von Menschen, Gesichtern. Meist scheinen sie nur kurz auf, kaum länger als die Landschaft im Blitzleuchten einer Gewitternacht, und während ich noch glaube, mit der Vergegenwärtigung von Einzelheiten befaßt zu sein, ist die Szene längst zu einer anderen geworden.

Die meisten Menschen aus dem Ort mögen es nicht besonders, wenn sie beobachtet werden. Auch mir gegenüber war man anfangs mißtrauisch. An den mittags und nachmittags belebten Stellen des Dorfes, auf dem Ny Havnevej vor dem Supermarkt, der Bank, dem Postamt, versuchte ich in der ersten Zeit, mir die verschiedenen wiederkehrenden Gesichter einzuprägen.

Nach einiger Zeit lernte ich, die Dorfbewohner von denen der umliegenden Fischersiedlungen zu unterscheiden. Die meisten Dorfbewohner, Männer und Frauen, tragen im Sommer Trainingsjacken, Jeans und Turnschuhe. Die Fischer von außerhalb sind mit alten, geflickten Lumpen oder auch mit Stiefeln und

Jacken bekleidet, die sie aus dem Fell ihrer Jagdbeute selbst verfertigt haben.

Besonders wenn man diese Leute im Hafen auf ihren Booten beobachtet, nimmt man die Geduld, die Gelassenheit und Ruhe wahr, mit der sie jeden Augenblick auf sich zukommen lassen und ihn dann durchleben, ihn erfüllen mit sorgfältigen Bewegungen, genauen Blicken, beim Lachen entblößen sie gelbe, oft lückenhafte Zahnreihen, die Farbe ihrer Haut variiert von einem matten Bronzeton bis zu einem nahezu vollkommenen Schwarz, von dem das Weiße ihrer Augen auf eine manchmal erschreckende, fast dämonische Weise absticht.

Man muß sie verstehen, die Menschen und ihr Mißtrauen gegenüber den Leuten, die aus dem Süden hierherkommen, aus unbegreiflichen Gründen, weil es für sie hier nichts zu tun gibt: ein paar Tage bleiben, sich im Helikopter auf das Inlandeis oder einen Eisberg tragen lassen und die Dorfbewohner auf der Straße anhalten und sie fragen, warum das Dorf denn so ungeheuer schmutzig sei und ihnen alles so gleichgültig.

Inzwischen haben sich die Leute im Dorf daran gewöhnt, es akzeptiert, daß ich mich an der Peripherie ihrer Gemeinschaft niedergelassen habe. Sie spüren, daß in meiner Schaulust kein Tadel, keine Gewinnsucht, kein Forscherdrang, aber auch keine uneinlösbare Sehnsucht nach Zugehörigkeit liegt.

Mit einigen von ihnen bin ich im Lauf der Zeit etwas näher bekannt geworden, sie grüßen mich schon von fern, fragen, wie es mir geht und ob ich denn einen Brief aus Europa bekommen hätte. Aus irgendwelchen Gründen ist mein Glück für sie fest an die Vorstellung von Briefen gebunden, in denen mir das Fortbestehen und Gedeihen meiner früheren Welt mitgeteilt, versichert, beschrieben würde.

Wenn ich mit Dr. Rask einen Spaziergang vom Altenheim in das Ortszentrum unternehme, spüre ich, wie sehr mir die Freundschaft zu ihm dabei hilft, daß mich die Menschen hier allmählich als einen Teil ihrer Welt begreifen. Gerade die älteren Dorfbewohner, die ihn noch als behandelnden Arzt erlebt haben, hängen an Dr. Rask mit einer unbeholfenen Zärtlichkeit: Einmal habe ich erlebt, wie eine ältere Frau, die schon ganz zahnlos war, kurzentschlossen eine Packung Kekse aus ihrer Einkaufstasche kramte und sie Dr. Rask wortlos, mit einem altmodischen und lächerlichen Kleinmädchenknicks, dicht vors Gesicht hielt.

Dr. Rask ist, wie ich wohl schon erwähnt habe, abgesehen vom Filialleiter der Nuna-Bank der einzige Mensch im Dorf, der stets in Anzug und Krawatte gekleidet ist. Er bietet einen merkwürdigen Anblick in seinem dunklen, etwas altmodisch geschnittenen Anzug, der meist hellen Krawatte, den tadellos geputzten schwarzen Halbschuhen, den dunkelgrauen Sommermantel über dem Arm, wenn er im Gras oder auf der Schotterstraße steht, die mit Bierdosen und anderem Unrat übersät ist, und mit den Leuten spricht, in ihrer Sprache, und die Leute in ihren grellfarbigen Trainingsjacken und Pullovern spüren genau, daß Dr. Rask mit seiner fremdartigen Kleidung zeigen will, daß er sie wichtig nimmt.

Ich denke oft darüber nach, was es heißt, genau zu sein, ein genauer Mensch. Als Kind habe ich mir unter der Genauigkeit immer etwas Trauriges vorgestellt, etwas, das mit den gelben Sonnenflecken nachmittags an der Wohnzimmertapete zu tun hatte, mit dem Blut, das mir manchmal morgens beim Aufwachen aus der Nase lief, mit dem oft so leeren Garten vor meinem Kinderzimmerfenster, mit den Holztieren, die mein Großvater geschnitzt hatte und die auf Schränken und Borden lange stumme Reihen bildeten. Es gab da eine Standuhr aus schwarzbraunem Holz. Man konnte nicht erkennen, daß die Zeiger sich bewegten, nicht, solange man hinsah, denn die Zeit verging damals in Sprüngen, und es war so eingerichtet, daß man diese Sprünge nicht hören und sehen durfte. Schwere Gewichte hingen an dieser Uhr, durch Glas waren sie vor Berührungen bewahrt, mein Großvater erklärte mir, diese Gewichte seien von großer Wichtigkeit: Ohne sie gäbe es keine Genauigkeit.

Wir fuhren durch eine öde, kalte Landschaft, in der sich bräunliche Hügel mit weitgestreckten Schotterhalden abwechselten. Nur an manchen Stellen gedieh ein schwaches Grün, das wie von Reif bedeckt aussah. Der Himmel erschien durch eine hohe Dunstschicht blendendweiß, die Landschaft darunter grau und ohne Schatten.

Es fiel mir auf, daß Agnes' Finger das Lenkrad krampfhaft, wie in Angst, umklammerten. Die Straße war streckenweise mit Rollsplit übersät; beim Darüberfahren gab es ein prasselndes Geräusch.

Ich war über Nacht bei Agnes geblieben. Ihre Brüste waren heller als ihr Gesicht gewesen. Dann im Dunkeln fühlten sie sich größer an, als sie waren. Noch am Abend, als wir langsam auf ihr Haus zugingen, hatte ich mir nicht mehr als eine flüchtige Berührung vorstellen können. Jetzt konnte ich mir wieder nichts anderes mehr vorstellen.

»Ich hatte gar nicht vor, mit dir zu schlafen«, sagte sie plötzlich. »So wenig, wie mir das in den Sinn kam, als wir noch in die Schule gingen.«

»Und miteinander für das Biologieabitur büffelten«, sagte ich.

»Und mit Flugblättern gegen die Zensur unserer Schülerzeitung protestierten«, sagte sie.

»Und im Pausenhof Haschisch rauchten«, sagte ich.

»Tatsächlich? Das auch?«

Allmählich begann das stärker werdende Sonnenlicht den Hochnebel zu zersetzen. Ein bleicher, milchiger Schein lag jetzt über der Straße vor uns. Über einem mit heißen Quellen durchsetzten Gelände stiegen dichte Schwaden von Wasserdampf auf, die wie zerfasernde Wattebäusche aussahen.

Durch die Lüftung drang Schwefelgeruch in das Innere des Wagens. Ich hielt mir die Nase zu. Agnes lachte.

»Das mußt du schon aushalten«, sagte sie. »Das und vielleicht noch mehr.«

Ich griff nach einem Zipfel ihres Halstuchs und hielt es mir vor das Gesicht. Ihr Parfüm stieg mir in die Nase, wie am Morgen, als sie vor dem Spiegel der Garderobe gestanden hatte und ich hinter sie getreten war. Einen Moment lang hatten wir uns im Spiegel angesehen, wie um zu prüfen, ob wir zueinander passen würden. Dann hatte Agnes zu lachen begonnen und mich vom Spiegel weggezerrt.

Die Hvítá ist ein reißender Strom von der blaßgrünen Farbe der Gletscherflüsse. Durch die gelblichen und graublauen Wolken fiel helles Licht auf die überall Schaumkronen aufwerfende Wasserfläche.

Am oberen Rand der Schlucht stehend, sahen wir, die Arme auf das hölzerne Geländer aufgestützt, wie der Fluß über zwei Kaskaden etwa fünfundzwanzig Meter in die Tiefe stürzt. Über der zweiten Kaskade stieg ein bis über den Rand der Schlucht dringender Wasserrauch auf, in dem ein Regenbogen leuchtete. Unterhalb des Wasserfalls fließt der Strom verdunkelt zwischen senkrechten Basaltwänden weiter. Über eine hölzerne Treppe gelangten wir an den Rand des Beckens hinunter, das sich zwischen den beiden Kaskaden gebildet hatte.

Agnes befand sich auf einmal in einem sonderbaren Zustand. Sie lachte und schrie aus Leibeskräften, aber das Tosen der Wassermassen war hier unten so laut, daß nicht das geringste davon zu hören war. Mit einer Geste forderte sie mich auf, ebenfalls zu schreien. Unsere Haare und Gesichter waren feucht vom Dunst. Agnes preßte sich an mich und fuhr mit der Zunge über mein Gesicht, verbiß sich an meiner Unterlippe und preßte ihr Knie zwischen meine Beine.

Wir saßen dann noch lange still im Wagen und rauchten. Das Rauschen des Wasserfalls war hier so leise, daß man es kaum von der bloßen Erinnerung daran unterscheiden konnte. Durch die Windschutzscheibe sah ich rasch und wie nach einem Plan in Richtung Norden ziehende Wolkenbänke. Es irritierte mich, wie lautlos sie sich bewegen konnten. Agnes lehnte ihren Kopf gegen meine Schulter, aber es lag nichts anderes mehr als eine große Erschöpfung in dieser Haltung.

Nichts, so scheint es mir, ist von diesen Augenblicken verlorengegangen: Ein Reisebus hielt auf dem Parkplatz. Eine größere Gruppe von Touristen, die meisten mit Kameras, gingen zur Holztreppe, die zum Ufer hinunterführt. Durch das halb heruntergekurbelte Seitenfenster hörte ich spanische Worte. Zwei junge Frauen in schwarzen Lederjacken gingen vorbei, so nahe, daß eine von ihnen mit der Hüfte die Wagentür streifte. Dann war es wieder still. Agnes Anwesenheit war nur eine unklare, aber gerade durch diese Unklarheit unbegrenzte Empfindung;

schon eine unbedachte Bewegung konnte sie in einen bloßen Gedanken verwandeln. Neben dem überfüllten Abfallbehälter drehte sich eine Elster langsam, wie traumverloren, um ihre eigene Achse.

»Fahren wir«, sagte Agnes plötzlich, »ich möchte nicht länger hier sein.«

Agnes setzte mich vor dem Hotel ab. Der Hotelportier, der wissen mußte, daß ich die vorige Nacht nicht auf meinem Zimmer verbracht hatte, grinste mir anerkennend zu. Agnes habe ich nie wiedergesehen; von ihrem Tod las ich eine Woche später in der Zeitung.

Brack, Markus Brack, das ist der Name des Mannes, der nach mir forscht, der in mir einen Bekannten wiederzuerkennen glaubt.

Die Zimmermädchen jedenfalls mögen ihn nicht. Seine Körpergröße mag dabei eine Rolle spielen, Brack ist größer, als ein Mensch auf Grönland sein sollte.

Er verläßt das Zimmer nicht, während die Mädchen aufräumen und sein Bett machen. Steht da, im Unterhemd, die Hände in den Hosentaschen, und wartet. Flaschen auf dem Nachtkasten, dem kleinen Schreibtisch. Es riecht nach kaltem Zigarrenrauch. Er verläßt das Zimmer überhaupt nur stundenweise. Zu den Mahlzeiten erscheint er oft gar nicht; wenn er kommt, dann so spät, daß die meisten Gäste schon gegangen sind. Oft ist dann nur noch eines der drei Menüs zu haben, und es gibt kein Dessert mehr. Brack ist das vollkommen gleichgültig, er ißt wenig und immer mit unübersehbarem Widerwillen. Den anderen Gästen gegenüber benimmt er sich höflich, doch läßt er sich kaum auf Unterhaltungen mit ihnen ein.

Das Zimmer hat Brack auf unbestimmte Zeit gemietet, er hat sich sogar vergewissert, daß das Hotel am Ende der Touristensaison nicht schließt.

So viel habe ich über diesen Brack in Erfahrung bringen können. Es ist wenig, und dieses Wenige ist merkwürdig. Doch es gibt keinen Anlaß, mich aus dem Geleise werfen zu lassen. Ich kenne diesen Mann nicht, und dieser Mann kennt mich nicht, er wird zu dieser Einsicht gelangen, früher oder später.

Den Grund von Markus Bracks Aufenthalt auf Grönland kennt niemand. Es beruht möglicherweise auf einer Täuschung, daß er wegen mir oder wegen jemanden, den er in mir vermutet, hier sein soll. Als ob nicht schon mehr Leute von meiner Hoteldienerrolle irritiert oder angezogen gewesen wären. Geglaubt hätten, es gebe hier einen Vorhang zu lüften, eine geheimnisvolle Spur. All das ist ohne Bedeutung. Mein Name ist Johannes Grahn, meine Aufgabe besteht darin, die Hotelgäste vom Helikopterlandeplatz abzuholen und sie nach dem Ende ihres Aufenthalts wieder dorthin zu bringen.

Wenn Leben Bewegung ist, dann lebe ich wenig. Mein Verbrauch an Zeit ist gering. Meine Tage sind die langsamsten, die sich denken lassen. Mit meinen Mitmenschen von früher würde ich längst nicht mehr Schritt halten können. Sie müssen mir schon unendlich weit vorausgeeilt sein. Wie dem Raumfahrer, der nach Jahren im Universum auf die Erde zurückkehrt. Dort sind Jahrzehnte, vielleicht Jahrhunderte vergangen. Er kennt niemanden mehr. Man erinnert sich nicht mehr an ihn. Die er gekannt hat, sind alle tot, doch schon seit so langer Zeit, daß es sinnlos wäre, um sie zu trauern.

Als ich heute morgen aufwachte, etwas später als gewöhnlich, war der Himmel bedeckt. Es regnete auch ein wenig. In unserer Gegend ist das fast eine Abwechslung, in den Sommermonaten ist es hier an den meisten Tagen klar und trocken.

Die Berge auf der anderen Seite des Fjords erschienen schwarz und weiß: weiß die Schnee- und Eisflächen, schwarz der Fels. Der Fjord war lichtgrau, nur wenig dunkler als das Eis. Doch selbst bei solchem grauen Wetter behält das unterseeische Eis seinen leuchtenden Türkiston.

Nach dem Mittagessen bin ich mit Larsen zum Hafen hinuntergefahren, um ein paar Kisten abzuholen, die mit einem Schiff der Arctic Line gekommen waren. Von allen Seiten heulten gerade die Hunde, während wir die steile Straße hinunterfuhren, durch den dunstigen Nieselregen, der beim Aufkommen auf dem Boden kein Geräusch machte.

»Man redet über dich hier im Dorf, Grahn«, sagte Larsen plötzlich. »Du seist in Wirklichkeit jemand anderes. Du würdest dich hier verstecken, vor der Teufel weiß wem.«

»Das ist alles Unsinn, Larsen«, sagte ich, so ruhig ich konnte. »Es wohnt jemand im Hotel, der mich mit jemandem verwechselt. Das ist alles.«

Larsen gähnte.

»Schon möglich«, sagte er. »Mir kann das Dorfgeschwätz sowieso gestohlen bleiben. Ich dachte nur, ich lass' es dich wissen. Mir ist es egal, wenn du was ausgefressen hast. Weißt du, daß ich selbst schon mal drei Monate gesessen habe?«

Am Ny Havnevejen, kurz vor dem Supermarkt, kam uns Aqqalu entgegen, an der einen Hand führte er Lisa, die einen bis zu den Knöcheln reichenden roten Regenumhang trug, in der anderen hatte er eine große Plastiktüte mit Einkäufen.

»Sieh mal, da geht dein Freund, der Weltverbesserer«, sagte Larsen und schnippte seine Zigarettenkippe aus dem Fenster. Am meisten verachtet Larsen die Touristen, aber auch für die Einheimischen empfindet er keine sonderlichen Sympathien. Nur die Seeleute sind für ihn ernstzunehmende Menschen, sie mögen sich an Land noch so wenig von anderen Leuten unterscheiden, denn Larsen ist früher selbst einer von ihnen gewesen.

Am Hafen haben wir die bereitstehenden Kisten in den Wagen geladen. Die roten und orangefarbenen Container leuchteten unwirklich in der trüben Luft und spiegelten sich im nassen Asphalt. Das große weiße und rote Schiff vor der Kulisse der düsteren Bergkette: Es war ein Bild, das irgendwie meinen früheren Vorstellungen vom hohen Norden, von den arktischen Breiten, entsprach.

»Du kannst schon vorausfahren, Grahn, ich hab' da an Bord mit den Jungs noch was zu besprechen«, sagte Larsen. Das bedeutete, daß er sich an Bord betrinken und dann in Uqsinas Taxi wieder zum Hotel hinauffahren würde, irgendwann spät in der Nacht.

Es war Samstag mittag, ich hatte absolut nichts mehr zu tun, und das Wetter war nicht danach, in die Richtung der Eisberge zu fahren. Ich hielt den Wagen dann vor Aqqalus Haus und habe mit ihm eine Tasse Kaffee getrunken. Seine Wohnküche war wie immer überheizt, alle Grönländer überheizen sogar mitten im Sommer ihre Räume, obwohl sie jedes einzelne Stück Kohle aus Dänemark einführen müssen.

Die Wand über dem Sofa bei Aqqalu ist über und über mit kleinen Bildern behängt, es sind lauter Portraitaufnahmen, jede zeigt eine andere Person, ganz alte mit verschrumpelten Ledergesichtern sind darunter, mit nur noch vereinzelten Zähnen in ihren lachenden Mündern, eine sehr schöne mandeläugige Frau, ein ernst dreinblickender Säugling mit großen schwarzen Augen, aber auf vielen der Bilder sind ganz normale Leute zu sehen, über die sich gar nichts sagen läßt.

Lisa saß im Unterhemd auf einer Wolldecke auf dem Fußboden. Sie hatte ein paar Plüschtiere vor sich, mit denen sie leise und unverständlich sprach, wie im Schlaf. Ihr schulterlanges Haar ist glatt und rabenschwarz, vorne hängen ihr die Strähnen bis über die ebenfalls schwarzen Augen, die schräg geschnitten sind, jedoch nicht aus schmalen Schlitzen hervorsehen, sondern sehr groß wirken, so daß ihr Schauen wie ein ununterbrochenes Staunen wirkt. Ihre Arme sind sehr dünn, wenn sie gerade nichts greift, hält sie sie halb angewinkelt an den Körper gedrückt.

Ich kniete mich neben sie hin und tat so, als wollte ich den Plüscheisbären streicheln, zog meine Hand aber immer wieder zurück, als getraute ich mich nicht. Sie machte es mir vor, strich mit ihren winzigen hellbraunen Fingern dem Bären behutsam über den Rücken. Dann aber nahm sie ihn plötzlich in beide Hände und drückte ihn fest an sich. Ich sah, wie ihr Tränen in die Augen stiegen, sie blieb aber still und weinte nicht.

»Das Kind ist so nervös geworden«, sagte Aqqalu und schenkte Kaffee in zwei große Tassen ein. Dann saß er eine ganze Weile da und starrte das Kind gedankenverloren an. Durch die Rückwand des Hauses hörte man die Hunde des Nachbarn, die um diese Zeit auf ihr Fressen warten, knurren und heulen.

»Sie schläft auch so schlecht«, erzählte er, »wacht aus Alpträumen auf und will, daß überall Licht gemacht wird. Sie fürchtet sich vor allem und jedem, alles kann sich von einem Augenblick zum andern in etwas Böses verwandeln. Jetzt sieht es so aus, als ob sie sogar schon vor dir Angst hätte.«

Lisa hörte aufmerksam zu und sah ihren Vater unverwandt an, den Plüschbären an die Wange gedrückt. Dann tat sie auf einmal etwas Unerwartetes: Sie stand auf und umarmte mich, so daß ich ihren Atem, der mir ein bißchen fiebrig vorkam, an meinem Hals spürte.

Später zeigte mir Aqqalu ein paar Photos, die er in Nuuk gemacht hatte. Auf einem war ein Hafenbecken zu sehen, wahrscheinlich von einem Fenster aus aufgenommen; mehrere Dutzend kleiner Motorboote lagen dicht an dicht in zwei Reihen nebeneinander.

»Fast jede Familie in Nuuk hat so ein Boot, nur zum Zeitvertreib«, erklärte Aqqalu. »Am Wochende fahren sie damit aufs Land, wie sie es nennen. Das heißt, sie besuchen ihre Großeltern, die in den Fischerdörfern auf der anderen Seite des Søndre Strømfjord zurückgeblieben sind. Dort ist es still, Johannes. Nur ein paar Alte leben dort noch.«

Ein anderes Photo zeigte Lisa vor einer Fußgängerampel. Sie ahmte gerade, ohne jeden Anflug von Übermut oder Ausgelassenheit, mit ihrem ernsten, traurigen Gesicht die Haltung des grünen Männchens nach. Im Hintergrund standen Leute vor einem Geldautomaten; manche hatten Schirme aufgespannt, obwohl es kaum regnen konnte.

Ein drittes Bild war vor dem Eingang des Luxushotels »Hans Egede« geschossen worden. Im Vordergrund sah man einen vollbärtigen Mann in dunkelblauer Livree und Schirmmütze, der gerade eine Reisetasche aus dem Kofferraum eines Mercedestaxis nahm. Daneben stand eine Frau im Pelzmantel und streifte sich Handschuhe über.

Aqqalu lachte. »Ich habe gleich an dich denken müssen, als ich das sah. Wer weiß, vielleicht verpassen sie dir auch noch so eine Uniform. Und du würdest es dir sogar gefallen lassen, wie ich dich kenne!«

Wahrscheinlich hatte er recht. Ich käme mir möglicherweise ein bißchen lächerlich vor, in der ersten Zeit, auch habe ich vielleicht von früher noch etwas von der Abneigung gegen alle Arten von Uniformen zurückbehalten. Aber ich könnte mich wohl daran gewöhnen, es würde weiter keine Rolle spielen.

Ich habe Aqqalu dann gefragt, ob er von den Gerüchten über mich gehört hätte. Er schüttelte den Kopf und sah mich mit einem gespannten Lachen an. Als ich ihm alles erzählt hatte, sagte er nur:

»Aber du selbst weißt, wer du bist. Nichts anderes ist wichtig.«

Es hat dann wieder stärker zu regnen begonnen. Lisa ist auf das Fensterbrett geklettert und folgte mit dem Zeigefinger den Tropfen, die langsam die Scheibe herunterrannen. Als ich mich von Aqqalu verabschiedet hatte, trat ich draußen vor das Fenster und klopfte gegen die Scheibe. Lisa schien mich nicht zu bemerken, nicht einmal, als ich mit meinem Zeigefinger dem ihren an der Scheibe folgte.

Es mag ein wenig lächerlich klingen, aber in manchen Augenblicken habe ich das Gefühl, als ob meine Aufzeichnungen die Sicherheit gefährden könnten. Nicht meine persönliche Sicherheit natürlich, sondern die Sicherheit, in der sich hier alles vollzieht, nicht mit der Präzision eines Uhrwerks, das wäre der falsche Vergleich, aber doch in der Gesetzmäßigkeit, mit der sich Eiskristalle bilden, wenn die Temperatur unter den Gefrierpunkt fällt. Das regelmäßige Heulen der Hundemeuten, das Klappern von Frau Iverus' Absätzen, wenn sie sich dem Helikopterlandeplatz nähert, die Schiffe, die sich ihren Weg durch die Fahrrinne zwischen den bläulichen Eismassen bahnen, das Tati-Geräusch der Schwingtür, die aus der Küche in das Restaurant führt, die Staubwolken, die die Geländewagen hinter sich aufwirbeln, die unvermeidliche Zigarette in Aqqalus Mundwinkel, das sonntägliche Schachspiel mit Dr. Rask, der Weg des Sonnenlichts am Morgen, am Abend über die unberührten und unberührbaren Fels- und Eismassen der Gebirgskette, das unaufhörliche Kommen und Gehen der Hotelgäste: Ob nicht durch das Beschreiben, das ja ein willkürliches Beschreiben ist, eine wenn auch nur für mich erlebbare Irritation in alle diese Abläufe gerät? Etwas, das man sich so ähnlich vorstellen muß wie den Sturz der Zeichentrickfiguren erst in dem Moment, als sie den Abgrund unter sich bemerken?

Während ich diesen letzten Satz aufschrieb, hörte ich Larsen draußen in der Küche einen krachenden Rülpser ausstoßen, als wollte er sich damit gegen die Vorstellung verwahren, ihm, in seinem robusten Lebenshaß, könnten Worte, Sätze, selbst Urteile, eingetragen in ein schwarzes Wachstuchheft mit blaßblauen Linien, zu ungewissem Zweck, irgend etwas anhaben.

Larsen sitzt in der Küche am Tisch, wie jeden Abend, vor sich eine Bierdose und einen Suppenteller, den er als Aschenbecher benutzt. Er starrt auf die Tischplatte und saugt von Zeit zu Zeit an seiner Zigarette. An Gesellschaft ist ihm dabei nicht viel gelegen. Etwa jede Viertelstunde schüttelt ihn ein trockener

Husten. Sonst ist es still, nur manchmal surrt einer der Kühlschränke im Hintergrund. Im Neonlicht wirkt Larsens bronzefarbenes Gesicht besonders hager und eingefallen. Er hat auch jetzt noch die weiße Kochmütze auf dem Kopf, als wollte er sich selbst verhöhnen. Hinter den fettverschmierten Brillengläsern sind seine Augen kaum zu erkennen. Wenn er jemanden die Holzstufen zum Hoteleingang hinaufgehen hört, horcht er kurz auf.

Wenn ich ihn so dasitzen sehe, muß ich unwillkürlich daran denken, daß die Geduld, mit denen er seine Abende rauchend und biertrinkend ablebt, im Grunde wohl dieselbe ist, die seine Vorfahren mütterlicherseits auf der Jagd, beim oft tagelangen Verharren an den Eislöchern, in sich herangebildet haben. Auch für Larsen liegt in der Geduld der Schlüssel zum Weiterleben.

Gestern abend habe ich ihm den Artikel über den Russen in dem Kellerloch übersetzt. Ich war gespannt, wie er reagieren würde. Er enttäuschte mich. Bei der Stelle, die davon handelt, daß die achtzigjährige Mutter dem Russen das Essen durch einen Türschlitz schob, hat er kurz aufgelacht und mich dabei kopfschüttelnd angesehen. Sonst war ihm der Artikel vollkommen gleichgültig, offenbar gibt es nichts, das Larsen zu irgendeiner wahrnehmbaren Teilnahme bewegen könnte. Als ich mit meiner Übersetzung fertig war, sah er eine Zeitlang wie versunken vor sich hin und sagte dann: »Ganz ehrlich, Grahn, ich habe schon wieder die größte Lust, mich zu betrinken, bis zur Besinnungslosigkeit.«

Dr. Rask war heute bei unserem sonntäglichen Schachspiel ungewöhnlich nervös, stieß sogar einmal mit der Hand ein paar Figuren um. Er war gar nicht bei der Sache; niemals habe ich ein

Spiel gegen ihn in kürzerer Zeit gewonnen. Er sagte, seine Rückkehr nach Grönland liege nun gerade ein Jahr zurück, doch ich kann mir nicht vorstellen, daß dieser Jahrestag der wahre Grund für seine Zerstreutheit ist.

Dr. Rask hat Jahrzehnte in diesem Dorf an der Ostküste gelebt, Jahrzehnte, in denen niemand auf den Gedanken gekommen ist, daß es hier einmal ein Hotel geben, daß dieser Ort einmal zu einem Ziel für Touristen werden könnte. Bei seiner Ankunft gab es nichts als eine Handvoll Hütten, um die alte Kirche auf dem Hügel gruppiert, eine Handvoll Menschen, die fischten, aber sich nur unter den größten Schwierigkeiten damit ernähren konnten.

Dr. Rask kam wohl nicht lange nach dem Ende des Zweiten Weltkrieges als junger Arzt aus Kopenhagen hierher, ob aus Abenteuerlust oder Liebeskummer, ist schwer zu sagen (er weiß es wahrscheinlich selbst nicht mehr), jedenfalls ohne ernste Absichten, für ein paar Monate. Warum er nicht mehr nach Europa zurückkehrte, habe ich von ihm nicht erfahren. Es ist eine unausgesprochene Abmachung zwischen uns, unser Hiersein als eine Voraussetzung zu betrachten, die nicht weiter hinterfragt wird. Dr. Rask hat mich manchmal darauf angesprochen, ob ich die Vorzüge der Zivilisation denn nicht vermissen würde, in einem oft spöttischen, zuweilen auch schwermütigen Ton, aber er hat keine Antwort von mir erwartet, noch weniger eine Erklärung.

Soviel freilich ist sicher: Dr. Rask ist der Überzeugung, ich hätte mich hier nicht niederlassen sollen.

»Sie sind hier ein Fremder und werden es immer bleiben«, sagt er, »was Sie gelernt haben, kann niemand hier gebrauchen. Es gibt für Sie hier gar keine Entwicklungsmöglichkeiten.«

Dieses eine kann und will Dr. Rask nicht begreifen: daß ich mich gar nicht mehr entwickeln möchte und daß es für die Art von Vorhandensein, die mir schon so lange vorgeschwebt hat, vielleicht keinen geeigneteren Ort auf der ganzen Welt gibt als dieses Dorf, das noch nicht einmal am Rande der Zivilisation liegt, sondern nur einen Vorposten der Menschheit weit außerhalb der besiedelten Welt bildet, und daß es vielleicht keine geeignetere Stellung für mich gibt als die hier im Hotel, wo ich, hinter meiner Sonnenbrille, unter meiner dunkelblauen Wollmütze meinen Beobachtungsposten innehabe, ohne Auftrag und Absicht. Kein Brack der Welt wird diese Situation beenden.

Dr. Rask trägt sogar an Tagen, an denen er das Heim nicht verläßt, Anzug und Krawatte. Das weiße Haar, schon schütter, aber bis über den Hemdkragen hinabreichend, ist nach hinten gekämmt. Sein Gesicht ist breit, man könnte es beinahe fleischig nennen, wie das eines übergewichtigen Menschen (vielleicht rührt daher der gutmütige Ausdruck in seinem Gesicht), die Brille mit dem dünnen Goldrand nimmt sich fremdartig darin aus. Die schlaffe Haut der sorgfältig rasierten Wangen läßt darauf schließen, daß ihm schon eine Reihe von Backenzähnen fehlt.

Dr. Rasks Zimmer im Altenheim ist nur wenig größer als meines. Die Gardinen sind so engmaschig, daß man von der Mitte des Zimmers aus durch sie hindurch nichts erkennen kann. Das Fenster geht auf die Straße hinaus, die eigentlich nur ein Weg aus Schotter und Staub ist. Auf der anderen Seite der Straße erhebt sich fast senkrecht ein etwa zehn Meter hoher Hang, dicht mit Gras und Blumen bewachsen, oben steht ein einzelnes, rosagestrichenes Wellblechhaus.

Die Vorhänge im Zimmer sind aus demselben braun-weiß

gewürfelten Stoff wie die Tischdecken im Speisesaal. Auf dem Fensterbrett steht ein Benjaminstock, der aber hier auf Grönland noch nie eine Blüte entfaltet hat. Von dem hellgrauen Teppichboden steigt ein muffiger Geruch auf. Neben dem Fenster eine Stehlampe mit grünem Schirm, daneben ein zimtfarbener Sessel mit hölzernen, lackierten Armlehnen.

Wenn ich Dr. Rask besuchen komme, finde ich ihn fast immer in diesem Sessel sitzend vor. In seiner breiten roten Hand hält er eine Lupe, die er stets bei sich trägt, in der Innentasche seines Jacketts. Mit ihrer Hilfe liest er in ethnographischen Werken oder historischen Reiseberichten, von denen er eine große Sammlung besitzt. Oft ist er auch eingenickt, oder er sieht nachdenklich vor sich hin.

Ohne die Lupe kann Dr. Rask kaum mehr lesen. Er sieht sehr schlecht, auf einem Auge ist er fast blind. Vor ungefähr zehn Jahren hat er wegen der Augenprobleme seinen Dienst im Krankenhaus quittieren müssen. Um sich operieren zu lassen, ist er dann nach Kopenhagen geflogen. Offenbar ohne großen Erfolg, ist er doch erst im vorigen Jahr hierher zurückgekehrt, nicht mehr als Arzt, sondern um im hiesigen Altersheim seinen, wie man sagt, Lebensabend zu verbringen.

Ich war erst ein paar Wochen auf Grönland, hatte erst wenige Tage zuvor meinen Dienst im Hotel angetreten, als Dr. Rask hier ankam, nicht direkt aus Dänemark, sondern mit der Dienstagsmaschine aus Nuuk. Nachdem er mit Jakob Sivertsen, dem Bürgermeister, im Hotel zu Mittag gegessen hatte, fuhr ich ihn zum Altenheim hinunter. Während ich langsam die steile Straße zum Zentrum hinuntersteuerte, war Dr. Rask, der schwer atmete und sehr müde zu sein schien, die ganze Zeit still. Nur einmal sagte er:

»Wissen Sie, junger Mann, als ich zum erstenmal in meinem Leben hier ankam, das wird wohl bald ein halbes Jahrhundert her sein, da habe ich schon überall diese merkwürdigen Gestelle zum Trocknen der Fische gesehen. Ich hatte keine Vorstellung, was diese Gestelle zu bedeuten haben, und ich erinnere mich noch, gedacht zu haben: So könnte man vielleicht ganz neu anfangen mit sich, inmitten von Gegenständen, die an nichts erinnern und die scheinbar keine Bedeutung haben.«

Ich bin mir sicher, daß Dr. Rask sich fast genau mit diesen Worten ausgedrückt hat.

Das Altenheim liegt am westlichen Rand des Dorfes, nicht weit vom Fjord entfernt. Der Fjord ist hier, wenige Kilometer vor seinem Ende, schon ganz schmal, so daß das Eis, von der Strömung gestaut und zusammengepreßt, sich hoch auftürmt.

Auch das Krankenhaus, an dem Dr. Rask früher tätig war, die Schule und eine Kindertagesstätte liegen in dieser Gegend des Dorfes. Der Spielplatz der Kindertagesstätte ist mit einem etwa drei Meter hohen Maschendrahtzaun umgeben.

Das Altenheim ist ein einstöckiger Fertigbaublock, aus dunkelbraunen und beigefarbenen Teilen zusammengefügt, die, wie jedes einzelne Häuserteil dieses Dorfes, aus Dänemark angeliefert wurden. An den einscheibigen Fenstern sind jeweils bis zum Fußboden reichende Gardinen angebracht, überall das gleiche Modell.

Ich reichte Dr. Rask seine Aktentasche aus dem Fond, dann trug ich die beiden Koffer ins Haus.

Die Heimleiterin, selbst schon eine ältere Dame, eine Dänin, grell geschminkt, mit einer zweireihigen Perlenkette um den faltigen Hals, in einem weißen, blütenreinen Kittel, nahm Dr. Rask in Empfang, ohne mich zu beachten.

»Es ist alles vorbereitet, wir haben Sie schon erwartet, Herr Doktor«, sagte sie und führte ihn am Ellenbogen einen Flur entlang, der mit blauem Linoleum ausgelegt war. »Es wird Ihnen zu Ehren nach dem Abendessen eine kleine Feier gegeben, Herr Doktor. Was sagen Sie dazu. Aber zuerst wollen Sie Ihr Zimmer sehen.«

In seinem Zimmer angekommen, trat Dr. Rask sofort ans Fenster, schob die Gardine beiseite und öffnete es, ohne sich im Raum weiter umzusehen.

»Ich weiß ja, sehr komfortabel ist es nicht. Aber ich hoffe, Sie fühlen sich trotzdem wohl hier«, sagte die Heimleiterin und musterte mich, als habe sie mich jetzt erst bemerkt, kalt und wie fragend von oben bis unten, während ich die Koffer neben dem Bett abstellte.

»Machen Sie sich keine Gedanken, Frau Lind«, beeilte sich Dr. Rask zu sagen, »ich bin alt, ich bin zufrieden.«

»Ja, Sie haben ja selbst so lange hier gelebt, Herr Doktor«, sagte die Heimleiterin und strich ihm wie beschwichtigend über den Arm. »Aber in Dänemark haben Sie sicher ein bequemeres Leben gehabt.«

»Ja, vielleicht«, sagte Dr. Rask mit einem Ausdruck von Ratlosigkeit.

Ich gab Dr. Rask ein Zeichen, daß ich lieber draußen auf ihn warten würde. Er nickte und lächelte erschöpft.

Ich lehnte mich gegen den Wagen und rauchte eine Zigarette. Etwa fünfzig Meter vom Altenheim entfernt befindet sich eine Sandgrube, die fast bis an den Fjord heranreicht. Während ich wartete, folgte ich mit den Augen einem gelben Raupenfahrzeug, das scheinbar sinnlos wie ein gefangenes Insekt in der Grube herumirrte.

Dr. Rask kam dann noch einmal heraus. Er machte eine humoristische Geste, als müsse er sich nach der Begegnung mit der Heimleiterin den Schweiß von der Stirn wischen. Doch er wirkte plötzlich alt und gebrochen auf mich, als ob die Atmosphäre des Altenheims sich schon auf ihn gelegt hätte.

»Diese Frau Lind kann mich nicht besonders gut leiden«, sagte ich, um etwas zu sagen.

»Nein, da haben Sie recht, das kann sie nicht«, sagte er und kratzte sich hinter dem Ohr. »Aber wissen Sie, Sie dürfen ihr das nicht übelnehmen. Sie sind zu jung, als daß auch nur die geringste Aussicht bestünde, daß Frau Lind Sie einmal hier einweisen könnte, wie sie mich heute eingewiesen hat. Das nimmt Sie Ihnen ein wenig übel.«

Dr. Rask sagte dann, daß ihm am nächsten oder übernächsten Tag noch eine Bücherkiste nachgesandt würde. Ich versprach, mich darum zu kümmern und sie vorbeizubringen. Dann bin ich zum Hotel zurückgefahren, denn an diesem Tag stand ein Helikopterausflug auf dem Programm, und ich hatte die Touristen zum Landeplatz zu fahren.

Im Traum war ich in meinem Kindheitszimmer. Es gab da eine Seilbahn, die mittels einer Winde vom Fensterbrett zum Fußboden hinunterführte. Einen Kohleofen aus schwarzem Email hinter der Tür. Ein altes Sofa mit einem Bezug, der kratzte, wenn man mit der Hand darüberstrich. Ein Kleiderschrank, dessen Spiegel einen Sprung hatte, der von der linken oberen Ecke zum Mittelpunkt lief: All das hatte ich nicht mehr gewußt, aber der Junge, der ich im Traum war, bewegte sich sicher und ohne sich erinnern zu müssen in diesem Zimmer.

Fremd war diesem Jungen nur die Aussicht von seinem Zimmer. Das Fenster ging auf ein Meer hinaus, auf eine weißgraue, glatte Fläche mit verstreuten Lichtreflexen. In der Ferne waren Schiffe zu sehen, die sich mit der Langsamkeit von Himmelskörpern bewegten, so daß der Blick sie noch nach Stunden wiederfände. Doch konnte der Junge, der im Traum ich war, nicht begreifen, warum sein Großvater draußen auf dem Flur auf und ab ging, langsam und gleichmäßig wie ein Automat.

Eine Möwe flog riesiggroß am Fenster vorbei, mit dem Flügel fast die Scheibe streifend. Der Junge sah den Schatten, der das Halbdunkel des Raumes einen Augenblick lang vertiefte, geräuschlos auf dem blauen Vorhang vorübergleiten.

Die Vorstellung, plötzlich von einer Lähmung erfaßt zu werden, die leicht und umfassend über meinen Körper ging, schreckte mich dann aus dem Schlaf. Noch vor dem Öffnen der Augen erkannte ich im Rauschen des Kopfkissenbezugs, wenn ich den Kopf wandte, das ferne Auf und Ab der Brandung des Traums, und das Ticken meines Reiseweckers auf dem hölzernen Nachttisch hatte die Schritte des Großvaters draußen auf dem Flur nachgeahmt.

Ich verspürte am Morgen leichte Kopfschmerzen und einen trockenen Hals. Mein Schlaf war sehr unruhig gewesen, denn Larsen hatte den Gedanken, sich zu betrinken, erwartungsgemäß in die Tat umgesetzt. In seinem Zimmer, das neben meinem liegt, schimpfte er die halbe Nacht laut vor sich hin, schlug mit den Fäusten gegen Tisch und Wände und stieß mit dem Fuß die leeren Bierdosen über den Boden. Es hat keinen Sinn, mit ihm reden zu wollen oder sich gar über den Lärm zu beschweren, wenn er in dieser Verfassung ist. Er starrt dich nur von unten mit weit aufgerissenen Augen an, bis du schließlich glaubst, du seist selbst derjenige, mit dem etwas nicht in Ordnung ist.

Es war gegen sieben Uhr das Heulen der Hunde, das mich weckte. Sonst stört es mich nicht weiter, die oft unheimlich-menschlichen Unter- und Zwischentöne nehme ich ja schon lange nicht mehr wahr, an diesem Morgen aber habe ich das Geheul als Zumutung empfunden, und ich ärgerte mich über Larsen, dem ich meinen schlechten Zustand verdankte und der nebenan ruhig und ungestört in seinem Bett lag und noch einige Stunden damit befaßt sein würde, seinen Rausch auszuschlafen.

Ich habe eine Tasse Kaffee getrunken und dann das Gepäck, das diesmal besonders schwer und zahlreich war, zum Landeplatz hinuntergefahren. Frau Iversen erzählte mir, daß das jüngste ihrer Mädchen schon wieder krank sei und daß ihr Mann, der sie vor lauter Betrunkenheit nicht mehr erkannt habe, mitten in der Nacht von der Polizei heimgebracht worden sei. Ich habe Frau Iversen ruhig zugehört. Dann bin ich wieder in den Wagen gestiegen, um die zurückreisenden Gäste abzuholen, die vor dem Hotel schon auf mich warteten.

Auf den Beifahrersitz hatte sich eine junge Französin gesetzt, vielleicht Anfang Zwanzig war sie, ungeheuer selbstbewußt, mit hellen Augen und merkwürdig blassen, aufgesprungenen Lippen. Wir sprachen über Frankreich (die Franzosen sprechen immer über Frankreich), sie lobte meine Sprachkenntnisse und wollte wissen, woher ich sie hätte. Ich erzählte ihr, daß ich einmal ein paar Monate in Paris gewesen sei. Sie fragte mich: wann, ich antwortete, es sei unendlich lange her, den Eiffelturm allerdings hätte es damals schon gegeben. Das hat ihr gut gefallen. Als sie lachte, sah ich, daß ihre Zähne ein wenig zu weit auseinanderstanden für eine richtige Schönheit und daß man wohl zuviel vom Zahnfleisch sah.

Nach einer längeren Pause meinte sie, ich sähe so griesgrämig aus, schlecht rasiert, wie ich immer sei, mit meiner ewigen Wollmütze und der Sonnenbrille, aber ganz bestimmt sei ich gar nicht so. Die beiden älteren Damen aus Belgien aber hätten Angst vor mir; er versteckt sich, er trägt eine schwere Schuld mit sich herum, habe die eine gesagt, die viele Romane liest.

Ich hörte meiner Beifahrerin zu, ohne mehr zu sagen als nötig. Was die Touristen erzählen, interessiert mich durchaus. Frau Iversen hat sogar einmal gesagt, ich sei der einzige Europäer im Dorf, der die Kunst des Zuhörens beherrsche. Ich kann darin keine Kunst sehen, eher scheint es mir angeboren zu sein und steht vielleicht im Zusammenhang mit meinem Hang zum Beobachten, das ja, wenn man so sagen kann, ein Zuhören mit den Augen ist.

Und doch: was die Touristen mir erzählen, was von ihren Gesprächen untereinander an mein Ohr dringt, bestärkt mich in meiner Überzeugung, nichts zu versäumen. Ich bin mir sicher, nahezu alles gehört zu haben, was in westeuropäischen Städten geäußert wird. Schon früher haben mich Unterhaltungen rasch ermüdet, und umgekehrt haben die Leute meist ziemlich rasch das Interesse an mir verloren. Tatsächlich habe ich nicht viel mitzuteilen, der Standpunkt des Beobachters ist mir immer der angenehmere gewesen.

Werde ich, was doch nicht selten geschieht, in ein Gespräch mit Gästen verwickelt, höre ich mir manchmal selbst verwundert zu: Ohne mich zu verstellen, erkenne ich mich in meinen Äußerungen doch nie wieder.

Die Augen der jungen Frau waren, wie das bei blauäugigen

Menschen häufig zu beobachten ist, vom Eis heller geworden. Im Sonnenlicht war ein leichter Flaum an ihrer Wange zu erkennen. Unter dem enganliegenden schwarzen Rollkragenpullover, den sie unter dem offenen Anorak trug, zeichneten sich feste, ziemlich große Brüste ab.

»Wie ist das eigentlich: hier zu leben«, wollte sie plötzlich wissen und begann, aus einer Strähne ihres langen blonden Haars einen Zopf zu flechten. Ich sagte nichts, tat so, als ob ich diese Frage für nur rhetorisch, für einen Ausdruck von Nachdenklichkeit hielte. Schließlich sah sie mich lange fast drohend an, und ich sagte, daß ich es nicht wisse. Ich hatte nicht erwartet, daß sie verstehen würde, wie ich das meinte, doch schien sie es zu verstehen und fragte nicht weiter.

Hinter Aqqalus Haus mußte ich einem Mann ausweichen, der am Straßenrand stand und in einem hohen, schimmernden Strahl ins Gras urinierte. Mit einer Bierdose in der freien Hand prostete er mir zu, vielleicht war auch meine Beifahrerin gemeint.

»Will er Sie provozieren?« fragte sie. Ich sagte nein.

Ein paar Minuten später sind die Gäste ausgestiegen. Einige sind in den Warteraum gegangen. Aus der offenen Tür dringt dänische Schlagermusik, ein Lied, das man schon den ganzen Sommer über hört. Andere stehen vor der Kette, mit der der Landeplatz abgesperrt ist. Sie tragen bunte Anoraks oder Skijacken und haben Phototaschen umgeschnallt. Zwei oder drei von ihnen photographieren.

Ich bin, wie immer, im Wagen sitzen geblieben und rauche eine Zigarette. Die Augenblicke des Gästewechsels gehören zu denjenigen, in denen ich mich am wohlsten fühle. Um mich her die Nervosität der Abreisenden, ihre Vorfreude auf den Helikopterflug über das Packeis, auf irgendwelche fernen, erträglicheren Orte, die Neugier der Neuankommenden, ihre Irritation, ihr Erschrecktsein (jeden Menschen erschreckt diese Gegend zunächst), all das gibt mir ein Gefühl der Sicherheit, der Ruhe, des Verwachsenseins mit dieser Welt, von der sich die Reisenden bei aller Flüchtigkeit der Begegnung insgeheim die ganze Zeit in Frage gestellt und vor den Kopf gestoßen fühlen.

An der Windschutzscheibe, durch die die Sonne scheint, sind Hunderte von winzigen Schmutztropfen zu erkennen. Ohne an irgend etwas anderes zu denken, beobachte ich, wie sich der Helikopter, der im Moment noch ein gelber Punkt vor der graublau schimmernden Gletschermasse im Osten ist, langsam dem Landeplatz nähert.

Dann nehme ich die Sonnenbrille ab und ziehe die Augen zu Schlitzen zusammen, so daß die Touristengruppe im Gegenlicht nur eine undeutliche dunkle Masse darstellt. Kommen und Gehen: Diese beiden Worte, die für mich selbst keine Bedeutung mehr haben, auf mich nicht mehr anwendbar sind, erscheinen in meinem Kopf, kreisen umeinander, bilden eigenartige Muster, legen sich ununterscheidbar übereinander. Ich kann mich, für Augenblicke, selbst als festen, beruhigten Punkt in einem Nebel von wandernden Gestalten erleben: Das ist es.

Ich lehne mich zurück und schließe die Augen. Den Kopfschmerz empfinde ich wie ein Gefühl, das meinen Kopf vermißt, ihn wiegt. Und mir ein Ich zuteilt.

Dann habe ich die Zigarettenkippe durch das heruntergedrehte Fenster geworfen.

Der Helikopter schwebte dicht über dem Dach der Baracke. Durch die Glasfront waren die Umrisse der beiden Piloten zu erkennen. Ich beobachtete, zum hundertsten Mal, wie sich das Gras am Rande der Landefläche unter dem Luftdruck der Rotorblätter zur Seite bog. Ein paar Tüten und Papierfetzen wurden durch die Luft gewirbelt. Meine Französin strich sich das Haar aus dem Gesicht, das ihr sofort wieder über die Schläfe fiel. Frau Iversen stand reglos, mit verschränkten Armen, am Fenster ihres Büros und sah der Landung zu.

Als die abreisenden Passagiere schon dabei sind, in den Helikopter zu steigen, tritt eine hohe Gestalt aus dem Warteraum. Brack bleibt vor der Tür stehen und schaut einige Augenblicke wie unentschlossen zu mir herüber. Er drückt seine Zigarre aus, schlägt den Kragen des blauen Mantels hoch und geht dann auf den Helikopter zu. Er trägt einen Aktenkoffer in der Hand. Er steigt als letzter in den Helikopter, dessen Rotorblätter sich jetzt wieder zu drehen beginnen.

Die neuen Gäste waren inzwischen eingestiegen. Dicht hinter mir las eine Engländerin mit erhobener Stimme aus einem Reiseführer vor. Jemand anderes pfiff leise, ohne Melodie, vor sich hin. Ich blickte dem Helikopter nach, der von der graublauen Gletscherwand aufgesogen zu werden schien, kleiner und kleiner wurde, seine gelbe Farbe verlor, schließlich nur mehr ein dunkler Punkt war, der immer unsicherer wurde. Jetzt mußte der Helikopter die Küste erreicht haben. Ich ließ den Motor an. Entsprechend den Anweisungen fuhr ich langsam, aus Rücksicht auf die Gäste.

Das zweite Heft

Auch wenn man alles aufschreibt, ändert sich nichts: Die Tage vergehen, lösen einander ab, sie wiederholen sich und verlieren sich zugleich in einem Meer von Zeit. Ich beklage das nicht. Eher erscheint es mir tröstlich. Ich mache mir nichts aus Zusammenhängen, die sich schließlich doch als nur erträumt erweisen würden. Ich wünsche mir keine Biographie. Es genügt, daß sich kleine Geschichten ereignen, die nichts anderes bedeuten als sich selbst.

Damit kleine Gedanken gedacht, kleine Reflexionen angestellt werden können, über die Menschen, über das Vergessen, die Landschaft. –

Heute habe ich den ganzen Nachmittag außerhalb des Dorfes verbracht. Wenn man der Straße, die am Altenheim vorbeiführt, immer weiter folgt, verengt sie sich schließlich zu einem Pfad. Rechts unter sich hat man dann den Fjord, wo sich die Eisschollen übereinanderschieben und schiefe, unregelmäßige Pyramiden bilden. Links des Weges ein kahler brauner Berghang. Nach etwa einem Kilometer gewinnt der Pfad an Höhe. Eine leuchtende Grasböschung führt jetzt zum Wasser hinunter und setzt sich auch oberhalb des Weges noch fort, bis das Gras sich zwischen Felsblöcken verliert.

Die Luft war windstill, es war beinahe warm. Ich legte mich ins Gras und sah, den Kopf auf die Hand gestützt, auf das Eis hinunter. Das Wasser war nachtblau. Nicht nur das Eis unter Wasser erscheint türkisgrün, sondern auch die Schatten, die auf das Eis fallen.

Immer wieder erliegt man der Täuschung, daß diese Eiswelt einen endgültigen Stillstand erlangt habe, wie die Wüsten oder Hochgebirge. Doch durch den Schmelzprozeß kann sich die Statik dieser kunstvoll aufgetürmten oder ineinander verfugten Gebilde so verändern, daß sie umstürzen oder sich doch verlagern. Dies wie auch das Abbrechen und Ins-Wasser-Stürzen eines Eisbrockens scheint sich jeweils in einer ungeheuren Langsamkeit zu vollziehen. Wie ein riesiges, behäbiges Tier hebt und senkt, wälzt und wendet sich ein Eiskoloß, wenn ihm das Gleichgewicht genommen ist. Und selbst die aufschäumenden Wellen sind in diesen Augenblicken auf eine beklemmende Weise verlangsamt.

Man hat das Gefühl, sich in einer Welt zu befinden, in der alles selbstversunken sich in einer bedächtigen Langsamkeit vollzieht. Und als ob auf diese Weise jedes Geschehen gleichzeitig schon die Erinnerung an sich selbst wäre.

Heute aber ist das Eis reglos geblieben. Nur ab und zu stießen zwei Eisschollen aneinander, das klingt ein wenig wie das Aufeinanderschlagen von Zähnen.

Ein Flugzeug, das nach Amerika unterwegs war, zeichnete lautlos einen Kondensstreifen in den leeren Himmel. Das erinnerte mich an meine Reise, an den Flug über die Danmarksstraße, die Ankunft in Kulusuk, beim ersten Mal. Das Flughafengebäude, eine langgestreckte, rotgestrichene Baracke aus Holz oder Wellblech (ich weiß es nicht mehr genau).

Der fettleibige Zollbeamte, der jeden Reisenden per Handschlag begrüßte. In seinem winzigen Zimmer, im Hintergrund ein mit Stecknadeln an einem Schrank festgepinntes Kalenderblatt, das die Kopenhagener Erlöserkirche von Scheinwerfern angestrahlt vor einem dunkelblauen Himmel zeigte.

Der Kiosk in dem winzigen Warteraum: Aus dem Fensterchen lehnte sich eine dunkelhäutige Frau und betrachtete die Reisenden mit vor Verachtung zusammengepreßtem Mund.

Der Fjord, gleich neben der Rollbahn, mit Eisschollen fast völlig bedeckt. Die bräunlichen und grauen Bergflanken auf der anderen Seite des Fjords waren mit Eis- und Schneeflächen durchsetzt.

Dann im Helikopter der Flug über das Labyrinth aus Bergzügen, Fjordarmen, Eismassen. Es schien in diesen dunklen, fast schwarzen Gewässern keine Strömung zu geben: Eisberge spiegelten sich reglos und unverzerrt in ihnen.

Wie lange liegt dieser Tag meiner ersten Ankunft auf Grönland zurück? Wenig mehr als ein Jahr. Und doch ist es wie eine Kindheitserinnerung. Meine Empfindungen waren einfach und unzerlegbar, damals.

Auf dem Rückweg, schon im Dorf, habe ich einen Hotelgast getroffen, einen Schweizer mittleren Alters, der ständig Pfeife raucht und dabei den Eindruck erweckt, als ob er innerlich die ganze Zeit nachdenklich und still vor sich hinlächeln würde.

»Guten Tag auch. Haben wir einen Spaziergang unternommen?« begrüßte er mich in seinem schweizerisch gefärbten Deutsch. »Man darf doch Deutsch sprechen, oder?«

Ich antwortete ihm, daß ich meine freien Nachmittage oft in der Natur verbringe.

»Wohingegen ich die Natur hasse, müssen Sie wissen. Sie werden sich denken, so ein Schweizer, nun, das muß ein passionierter Bergsteiger sein. Aber weit gefehlt, Herr Chauffeur. Seit meiner Jugend bin ich auf keinem Berg mehr gewesen.«

»Dann ist unser Dorf vielleicht nicht der richtige Ort für Sie«, sagte ich.

»Nein, ganz bestimmt nicht«, sagte der Schweizer und zog amüsiert an seiner Pfeife. »Wissen Sie, so etwas habe ich ja noch nie gesehen. Es ist meine Frau, der ich diesen Aufenthalt am Ende der Welt wieder einmal zu verdanken habe. Meine Frau liebt so etwas. Ist Ihnen schon einmal aufgefallen, daß dieser Ort hier viel von einem Andendorf hat? In atmosphärischer Hinsicht? Sehen Sie, ich wußte das auch nicht. Meine Frau aber, die weiß es.«

Die Menschen, die hierher kommen, sind irritiert und abgestoßen davon, daß die Landschaft, das Dorf, die Physiognomien der Dorfbewohner sie an nichts erinnern. Die Menschen in den zivilisierten Gebieten sind an Spiegelungen gewöhnt, an ein System von unendlichen Spiegelungen, in denen sie sich begegnen und wiederfinden. Eine Unterscheidung zwischen Innen- und Außenwelt erschiene ihnen sinnlos. Die Landschaft hier wirft jedoch nichts zurück. Sie läßt den Menschen stehen, so wie er ist. Deshalb machen sich manche Leute gewaltsam daran, die für sie so notwendigen Ähnlichkeiten, Zusammenhänge, Vertrautheiten herzustellen. Wie oft habe ich die Touristen die Häuser des Dorfes Puppenhäuser, Modelleisenbahnhäuser, nennen hören. Der Schweizer hörte mir zu, lächelnd, manchmal mit dem Kopf nickend.

»Noch nicht einmal eine Gegend ist das hier, wenn man es recht betrachtet«, sagte er. »Nur eine Landschaft.«

Habe ich von der Nervosität Dr. Rasks am vergangenen Sonntag geschrieben? Zweifellos. Sie hatte ihre Ursache also darin, daß seine Nichte ihren Besuch angesagt hatte. Warum er mir vorher nichts davon erzählt hat, ist mir ein Rätsel geblieben. Zuerst glaubte ich, er wolle möglichst viel Zeit allein mit ihr verbringen. Das ist nicht der Fall, den gestrigen Nachmittag bin ich ganz allein mit Sarah gewesen.

Frühmorgens ist Dr. Rask mit dem Helikopter nach Kulusuk geflogen, um Sarah dort vom Flughafen abzuholen. Ich wußte davon nichts. Für mich ist es ein Morgen wie jeder andere gewesen: Morgenkaffee in der Küche (die Mädchen haben sich heute gestritten, am Schluß zogen sie einander an den Haaren), Verstauen des Gepäcks im Wagen, unten am Landeplatz das Morgengespräch mit Frau Iversen (ihre Zwillinge haben heute Geburtstag).

Dreimal war ich unterwegs, um die abreisenden Gäste, es waren diesmal besonders viele Holländer darunter, zum Landeplatz zu bringen. Dann habe ich auf den Helikopter mit den neuen Gästen aus Kulusuk gewartet.

Im Wagen sitzend schaute ich zu, wie die neuankommenden Gäste über ein hölzernes Podest, das zwei Arbeiter aufgestellt hatten, aus dem Hubschrauber kletterten. Die meisten trugen grellfarbige Daunenanoraks und Wanderschuhe, genau wie die Touristen, die an der Absperrung standen und auf ihren Rückflug warteten. Manchmal habe ich das Gefühl, als ob ich dieselbe Gruppe, die ich zum Landeplatz hinuntergefahren habe, eine halbe Stunde später wieder ins Hotel hinaufbrächte. Diesmal war es nicht so. Ich sah mir die ankommenden Gäste genau an. Markus Brack war nicht unter ihnen. Es waren die erstaunten und befremdeten Neuankömmlinge, an die ich nun seit langem gewöhnt bin.

Zum Schluß erscheint eine Frau in einem dunklen Kleid und einer schwarzen Lederjacke im Ausstieg. Auf der mittleren Stufe des Podests wendet sie sich wieder dem Inneren des Helikopters zu. Ein älterer, schon etwas gebückter Mann in einem dunkelgrauen Mantel wird jetzt sichtbar, den Stock hat er unter die Achsel geklemmt, während er sich, von der Frau behutsam am Unterarm gehalten, die Stufen herabtastet.

Dr. Rask stellte mich seiner Nichte vor. Ihre Augen sind hellgrün, auf jeder Wange hat sie, dicht unter den Augen, ein paar Sommersprossen. Ihre Augen haften immer noch einen Moment lang an einem Gegenstand, wenn sie den Kopf schon weggedreht hat. Sie hat mir ihre Hand gegeben. Sie hat sich warm und trocken angefühlt. Ich bin an Händedrücke nicht mehr gewöhnt, denn sie sind hier nicht üblich. Allein der Zollbeamte in Kulusuk pflegt diese Sitte.

Dr. Rask und seine Nichte fuhren zusammen mit der ersten Gruppe der neuen Gäste zum Hotel hinauf.

Jetzt sind sie beim Mittagessen, während ich mich auf mein Zimmer zurückgezogen habe. Der Fischgeruch von der Küche dringt herein. Das ist unangenehm.

Nachdem ich in der Küche einen Teller mit Fischsuppe gegessen hatte, bin ich ein wenig vor die Tür gegangen. Es war ziemlich warm, in der Sonne ging es ohne Jacke. Tausende von kleinen Fliegen erfüllen an solchen Tagen die Luft.

Durch die offenstehende Eingangstür waren einzelne Stimmen und Besteckgeklapper zu hören, denn der Speisesaal schließt ohne Abtrennung an das Foyer an. Aus der Ferne haben solche Geräusche manchmal etwas Lähmendes für mich; unwillkürlich fallen einem Abende in der Kindheit ein, wo man im Dunkeln die Erwachsenen feiern gehört hat, bis man endlich eingeschlafen war.

Dann erschien die schmächtige Gestalt des Hotelleiters im Eingang. Ich habe ihm natürlich viel zu verdanken, hat er es mir doch ermöglicht, hier zu leben, nicht mehr zurückzumüssen, so wie die anderen. Aber er ist mir trotzdem zuwider. Er ist schmierig. Die herablassende Sympathie, mit der er mir begegnet, erfüllt mich mit Widerwillen. Wo es möglich ist, gehe ich ihm aus dem Weg.

Wie fast immer trug er seinen weißen Anzug, darunter ein fliederfarbenes Hemd und ein Seidentuch. Sein Alter ist schwer zu schätzen: So jung, wie er aussieht, kann er unmöglich sein. Mit verschränkten Armen lehnt er am Türrahmen und blickt zu mir herunter.

»Geh mir nicht weg, Grahn«, sagt er und streicht sich mit dem Zeigefinger über den flaumigen, jungenhaften Oberlippenbart, wie ihn so viele Grönländer tragen. »Dr. Rask und seine Nichte sind gerade hier. Du mußt die beiden zum Altenheim hinunterfahren, wenn sie mit dem Essen fertig sind.«

Ich antworte ihm, so freundlich ich kann, daß ich das wisse und daß ich aus diesem Grund hier warte.

»Ich hätte ihr ja eins unserer schönsten Zimmer gegeben, wirklich, das hätte ich gemacht«, sagt der Hotelleiter und legt den Kopf ein wenig schief. »Aber mein Gott, das wollte sie durchaus nicht. Stell dir vor, sie wird bei Dr. Rask unten im Heim wohnen. Eine hübsche junge Frau unter lauter zahnlosen Greisen, Grahn, begreifst du das etwa? Also ich begreife das nicht.«

Er hebt die Schultern, wirft einen Blick auf die Rolexuhr an seinem Handgelenk und streckt mir zum Gruß kurz die rechte Handfläche entgegen. Ich erinnere mich, als sei es vor fünf Minuten gewesen, daß ich mich abwandte und ein paar Meter entfernt auf der Straße eine Möwe sah, die sich wie benommen im Kreis drehte.

Während ich ihr sonderbares Treiben beobachtete, trat Sarah aus der Tür und stellte sich, die Arme verschränkt, als fröre sie, dicht an das Geländer der kleinen Veranda, von der vier hölzerne Stufen zur Straße hinunterführen.

»Sagen Sie, Johannes, hätten Sie eine Zigarette für mich? Mir ist gerade danach, dieses Essen war so schwer«, sagte sie.

Ich trat vor sie hin und reichte ihr die Schachtel hinauf. Ihre Beine sah ich in diesem Moment so dicht vor mir, daß ich unter dem schwarzen Strumpf eine weißliche Narbe erkennen konnte, die dicht unter dem Knie beginnt und etwa fünf Zentimeter lang ist.

Es fiel mir schon bei dieser ersten wirklichen Begegnung auf, daß sie oft Sätze mit »Sagen Sie«, »Sag« beginnt:

»Sagen Sie, würden Sie meinen Onkel und mich zum Altenheim hinunterfahren?«

Ich sagte, daß ich bereits instruiert sei.

»Aber Sie würden es auch tun, wenn man Sie nicht – instruiert hätte?«

Ich antwortete, daß ich Dr. Rask ja oft im Wagen mitnähme. Wir sind auch ein paarmal ein Stück weit die Straße nach Kulusuk abgefahren, immer am Fjord entlang. Dort leben noch immer ein paar Fischerfamilien, die Dr. Rask vor vielen Jahren behandelt hat, gegen verschiedene Krankheiten, die aus Vitaminmangel entstehen. Die Leute erinnern sich ganz genau an den Doktor und zeigen ihm stolz die Kinder, um die ihre Familien seit jener Zeit angewachsen sind.

Sarah fragte mich, ob es weit von hier bis zur Küste sei. Ich ging mit ihr den flachen Felsbuckel hinauf, der sich auf der anderen Seite der Straße erhebt. An manchen Stellen sprießt dort gelbliches Gras aus dem Gestein hervor. Oberhalb des

Buckels ist das halbe Dutzend Schlittenhunde, deren Geheul mich an den meisten Tagen weckt, an Eisenpfähle gekettet. Sie liegen auf dem Boden, manche haben den Kopf auf die Vorderläufe gesenkt, andere strecken alle viere von sich. Sie scheinen zu schlafen, doch als ob man im Näherkommen einen unsichtbaren Bannkreis überschreite, stehen sie plötzlich alle aufrecht da und fixieren den Menschen reglos mit ihren kalten hellblauen Augen.

Hinter dem Felsbuckel steigt das Gelände, das dort dicht mit Gras und blauroten Blumen bewachsen ist, weiter an. Linkerhand geht es in einen zerklüfteten Felsenberg über, rechts aber scheint es mit einemmal zu enden. Ist man ein Stück dieser Richtung gefolgt, so zeigt es sich, daß das Gelände hier steil abfällt, zu einem flaschengrünen See, in den in einiger Entfernung hellgraue und türkisgrüne Gletscherzungen hineinragen.

Von dieser Stelle aus kann man gegen Osten hin das offene Meer sehen. Der Himmel über der Linie des Horizonts ist von einem weißen Leuchten, dem Eisblink, wie verschleiert. Das dichtgelagerte Packeis, in der Ferne von großen Eisbergen durchsetzt, reflektiert die Strahlen der Mittagssonne, so daß der gesamte sichtbare Meeresspiegel von einer funkelnden und gleißenden Kristallschicht überzogen scheint.

Dr. Rask fragte mich beim Abschied vor dem Altenheim, ob ich denn die *Ansichten von der Nachtseite der Naturwissenschaft*, die er mir schon vor ein paar Wochen geliehen hat, inzwischen gelesen hätte. Ich hatte dieses Buch ganz vergessen. Es hat mich nicht so sehr interessiert, wie Dr. Rask vermutet. Gerade habe ich ein wenig darin herumgeblättert. Sarah hat recht: Es stehen Dinge in diesem Buch, die einen eigentümlich berühren, auch wenn man sie nicht wirklich glauben kann. Etwa die Passage über den Phosphor, über die Existenz als Leuchten und Verbrennen:

Von den Phänomenen der Electricität, und wohl noch tiefer hinab, bis hinauf zu denen der Vereinigung der Geschlechter im Organischen, sehen wir überall das brennbare Wesen auf dem höchsten Gipfel des Daseyns und der Wechselwirkung erscheinen, durch die höchste Tätigkeit des Lebens hervorgerufen werden. Zugleich werden in jenen Augenblicken, wo der Phosphor in ihnen erwacht, die Wesen einer weiteren und allseitigeren Wechselwirkung mit der Außenwelt fähig, und diese tritt den vorhin auf die nächste Berührung beschränkten Körpern dann erst in wirkliche Anschauung, fängt dann erst an für sie zu existiren. So tritt der verbrennende Körper, wie die Pflanze und das Thier in der Zeit des Blühens und der Begattung (der Erscheinung des Phosphors) mit einer sonst für ihn nicht vorhandenen Außenwelt und mit einem höheren Ganzen in innige Beziehung. Das Sehen ist mit Recht ein Selberleuchten des Auges genannt worden, welches mithin blos durch die Eigenschaft des Leuchtens mit der Außenwelt in jene Beziehung tritt, die wir Anschauen nennen...

Es war, als ob von der Küste ein leises Rauschen zu uns herüberwehe. Ich habe das schon öfters erlebt, es muß aber auf einer Täuschung beruhen, denn über dem Eis herrscht völlige Stille, die nur manchmal von dem knallenden oder reißenden Geräusch einer berstenden Scholle unterbrochen wird.

»Sie müssen mir jetzt noch eine Zigarette geben«, sagte Sarah, leise, als fürchte sie, durch lautes Sprechen das Schauspiel zu stören. Ich habe ihr Feuer gegeben. Die Streichholzflamme erschien tieforange. Der Rauch, taubenblau, hat sich in der windstillen Luft unendlich langsam verteilt.

Ich habe mich umgedreht und zum Hotel hinuntergesehen. Ich stehe oft an dieser Stelle, wo man nur den Kopf zu wenden braucht, um das Packeis, den See, das Hotel, das Dorf, den Fjord und die Berge auf beiden Seiten des Fjords in den Blick zu bekommen.

Die weißen Plastikstühle, die man längs der Hauswand aufgestellt hat, sind leer gewesen. Die blau-orange gestreifte Hollywoodschaukel auf der Terrasse der Suite hat sich sachte auf und ab bewegt – dem Anschein nach: Ich weiß, daß es sich um eine Täuschung meiner Augen gehandelt hat, hervorgerufen durch das Flimmern der Luft. Aus dem Kamin über der Küche ist eine durchsichtige kerzengerade Rauchsäule aufgestiegen, obwohl die Küche doch gleich geschlossen würde.

Einige Gäste haben inzwischen ihr Mittagessen beendet und sind ins Freie getreten. Man streckt sich, die Hände zu Fäusten geballt, man öffnet verstohlen einen Knopf an der Hose, man zündet sich eine Zigarette an, inspiziert grimassenschneidend den leeren Himmel, man plaudert, äußert sich über den Fisch und daß man den Kaffee hier so stark trinkt, berät sich darüber, welchen der vom Hotel angebotenen Ausflüge man wählen soll: Man braucht diese Menschen nicht zu hören, um zu wissen, worüber sie sich unterhalten. Am roten Anorak des Mannes erkenne ich ein Ehepaar aus Karlsruhe wieder, das eben im Begriff steht, sich mit einem anderen Ehepaar aus Stuttgart anzufreunden. Bei dieser Gelegenheit wird unweigerlich, als handle es sich um eine Gesetzmäßigkeit, die verbindende Feststellung gemacht, daß Bekannte des einen Paares einmal ganz in der Nähe des anderen gewohnt haben.

Dann entdecke ich auch Dr. Rask unter den Touristen. Er trägt wie immer seinen dunklen Anzug. Den Mantel hat er zuerst über den Arm gelegt, er beginnt ihn dann aber mit steifen, zögernden Bewegungen anzuziehen. Einer der neuangekommenen Gäste in einer signalgelben Schneejacke tritt auf ihn zu und spricht ihn an. Dr. Rask scheint ihm aufmerksam zuzuhören, dann hebt er die Schultern und breitet humoristisch-traurig die Arme aus.

Sarah ist inzwischen in die Hocke gegangen und umschlingt ihre Knie. Ich fragte sie, ob sie keine Sonnenbrille habe. Ich hatte am Abend meines ersten Tages auf Grönland höllische Kopfschmerzen, weil ich nicht daran gedacht hatte, eine Sonnenbrille aufzusetzen.

»Ich denke, es wird nicht so schlimm«, sagt sie. Sie blickt auf den See hinunter, der tiefgrün zwischen den Felsen und den nassen Wiesen liegt. Am diesseitigen Ufer steht eine Holzhütte mit zertrümmerten Fenstern, umgeben von Unrat, der den Boden ringsum vollständig bedeckt: breiige Zeitungen, vermoderte Holzstücke, Plastiktüten. Neben der Hütte ragt ein Steg aus vom Wetter hellgrau gewordenen Bohlen in den See.

Sarah wollte wissen, was das für eine Hütte ist, wem sie gehört und warum man sie verlassen hat. Ich erzählte ihr, daß der Besitzer der Hütte längst tot ist. Seine Leiche hat man aber niemals gefunden, deshalb stellen sich die Leute vor, er sei auf irgendwie mit unseren konkreten Begriffen nicht zu bezeichnende Weise noch immer unterwegs und logiere mitunter noch in seiner verlassenen Hütte. Viele wollen ihn sogar mit eigenen Augen gesehen haben. Vielleicht ist es nur Wichtigtuerei, vielleicht steckt auch irgend etwas dahinter, ich habe mich nicht näher damit befaßt.

»Ein Spukhaus also«, sagte Sarah und stand wieder auf. »Als ich klein war, gab es am Ende unserer Straße auch ein Spukhaus. Mit einem verwilderten Garten, in dem im Sommer Unmengen von weißen Rosen blühten. Das Haus stand seit vielen Jahren leer, aber nachts flackerte hinter den Fenstern im oberen Stockwerk Licht auf, und man hörte immer wieder ein Poltern, wie wenn ein Stuhl umgeworfen würde. Das war der Stuhl, der umgestoßen wurde, als die Witwe Blider sich dort oben aufhängte. Das erzählten die alten Leute in unserer Straße. Viele Jahre hat die Witwe Blider ganz allein in dem Haus gelebt, seit ihr Mann, ein Kapitän zur See, in einem Sturm ums Leben gekommen ist. Man hat sie für verrückt gehalten, die Witwe, und plötzlich hat sie sich aufgehängt.«

Ich sagte, daß ich das merkwürdig fände: sich nach so vielen Jahren, in denen man sich in das Alleinsein hineinfinden konnte, dann doch noch umzubringen.

»Vielleicht hat sie die Jahre ja gar nicht dazu benutzt, sich abzufinden. Vielleicht hat sie die ganze Zeit niemals an etwas anderes gedacht, als sich umzubringen. Aber wer weiß, ob an dieser Geschichte nur ein Faden Wahrheit ist.«

Auch in meiner Kindheit hat es ein Haus gegeben, das mir angst machte. Aber es war kein Spukhaus, nur mir machte es angst. Es war ein winziges Weichenstellerhäuschen oder etwas ähnliches. Es stand am Bahndamm und war vor Schmutz beinahe so schwarz wie ein Brikett. Schon viele Jahre stand es leer, aber an einem Sommerabend war das Fenster auf einmal hell erleuchtet. Ein Feuer war ausgebrochen, ich glaube, es war von den älteren Kindern gelegt worden. Es kam mir so vor, als ob meine Angst vor diesem Haus von Anfang an auf den Brandabend als Fluchtpunkt gerichtet gewesen sei.

Im Traum war ich oft in dem Haus, während es in Flammen aufging, die Vorhänge brannten wie das Zeitungspapier, das ich einmal in die Gasflamme unseres Küchenherds gehalten hatte, die Wände leuchteten rot, und der Boden war ein weißer Rasen aus dicht an dicht stehenden Kerzenflammen.

Ich sah, wie die tieforangen Flammen an meinen Armen entlangzüngelten und sie in Sekundenschnelle in dürre schwarze Äste verwandelten. Sofort sprossen kleine leuchtendgrüne Blätter an diesen Ästen, und merkwürdigerweise verursachte mir dieses Knospen und Sich-Öffnen der Blätter große Schmerzen, während es nur ein bißchen kitzelte, als ich in Flammen stand.

Es war noch am ersten Tag, daß Sarah mich fragte, ob ich sie nicht mit ein paar Leuten von hier bekannt machen könnte, mit Leuten, mit denen ich »umginge«, wie sie sich ausdrückte. Ich dachte nach. Es war mir unangenehm, zum erstenmal, daß die Zahl der Menschen, mit denen ich in näherem Kontakt stehe, so gering ist. Ich fürchtete, sie könnte in meiner abgeschlossenen Lebensweise, meinem im Grunde nur selten unterbrochenen Für-mich-Sein, eine Geringschätzung der Dorfbewohner sehen. Vielleicht würde sie damit gar nicht so falsch liegen: Die meisten Menschen sind mir im Grunde zuwider. Seien es Dorfbewohner oder Hotelgäste.

Aber insgeheim fürchtete ich wohl mehr, sie könnte in mir denjenigen sehen, der ich in Wirklichkeit bin, möglicherweise. Zum erstenmal seit langer Zeit habe ich wieder die Furcht verspürt, von jemand anderem aus der Distanz zutreffend eingeschätzt zu werden, während ich selbst von mir kaum eine Vorstellung habe.

Ich sah Sarah am nächsten Tag schon frühmorgens auf den

Straßen des Dorfs. Als das Geheul der Schlittenhunde auf der Koppel anhob, war ich schon dabei, mich zu rasieren.

Ein paar langgestreckte Wolkenschleier, grauviolett, hingen unterhalb der Nunatakken-Gipfel, es waren drei oder vier, alle auf gleicher Höhe. Durch das Fernglas konnte ich die zarten Schatten erkennen, die sie auf die Schneeflächen warfen.

Dann bekam ich den seit einigen Tagen im Fjord treibenden Eisblock in den Blick. Von der Form eines breitkrempigen Hutes, überragt der Block die übrigen Eismassen um ein Vielfaches. Inzwischen liegt er fest eingeschlossen zwischen den Eisschollen, die gegen das Ende des Fjords immer dichter aneinandergelagert sind. An manchen Stellen haben sie sich ineinandergeschoben, so daß die Schollen in verschiedenen Winkeln, einige sogar fast senkrecht, aus dem Wasser ragen.

Ich entdeckte Sarah auf der Straße vor dem Supermarkt. Sie war anders gekleidet als am Vortag, in Anorak, Jeans und Wanderstiefeln. Der untere Teil des Gesichts war in einen grauen Schal gehüllt. Sie wunderte sich vielleicht, daß die Straßen nach acht Uhr noch so leer waren wie an einem Sonntagmorgen. Sie sah lange am Gebäude des Supermarktes empor, stieß wie unentschlossen eine Bierdose mit der Schuhspitze über die Straße. Dann wandte sie mir den Rücken zu und ging langsam in die Richtung des Hafens, in dem an diesem Morgen kein einziges Schiff vor Anker lag, außer den gewohnten Fischerbooten der Dorfbewohner.

Nur bei uns in der Hotelküche war man schon wach, riß Schubläden auf, klapperte mit Geschirr, öffnete Kühlschranktüren, die Kaffeemaschine zischte, und die Unterhaltung der Küchenmädchen hatte nach anfänglichen Stockungen rasch die gewohnte Dichte erreicht.

Ich beschloß, Sarah, die sich sicher bald zum Frühstück auf den Rückweg ins Altenheim machen würde, ein Stück entgegenzugehen. Ich traf sie an der Stelle, wo die Straße über den Gletscherabfluß führt. Sie hatte die Ellbogen auf das Geländer gestützt und blickte auf das schäumende Wasser, das gelblich ist durch den aufgewirbelten Sand. Wegen des lauten Rauschens bemerkte sie mich erst, als mein Schatten auf sie fiel.

»Ich glaube, du bist der einzige Dorfbewohner, der schon wach ist«, begrüßte sie mich.

Ich sagte, daß das gesamte Hotelpersonal schon auf den Beinen sei.

Sie: »Merkwürdig: Einen Moment lang habe ich geglaubt, du würdest dich jetzt gegen die Bezeichnung *Dorfbewohner* verwahren.«

Warum sollte ich mich dagegen verwahren?

»Weil es irgendwie nach Gemeinschaft klingt. Dorfgemeinschaft. Dorfbewohner. Es geht eine schläfrige Zugehörigkeit von diesen Worten aus. Etwas allzu Selbstverständliches.«

Nachdem Sarah gefrühstückt hatte, holte ich sie ab und ging mit ihr zu Aqqalu. Wen hätte ich ihr sonst vorstellen sollen?

Aqqalu und Lisa saßen noch beim Frühstück. Lisa stocherte in einem Teller mit Cornflakes. Als Sarah ihr die Hand geben wollte, verschränkte sie ihre Arme auf dem Rücken.

»Das ist Dr. Rasks Nichte aus Kopenhagen«, sagte ich zu Aqqalu. Ich erklärte ihm, daß sie etwas über das Dorf und seine Bewohner erfahren wollte. Aqqalu nickte und begann zu reden, noch während er für Sarah eine Kaffeetasse aus dem Schrank nahm. Von Natur aus eigentlich schweigsam, hält Aqqalu es doch für sinnvoll und wichtig zu reden.

»Glaube ihm nicht alles, was er dir erzählt«, sagte ich zu Sarah. »Ich habe es dir doch gesagt, er ist Politiker.«

Als Lisa bemerkte, daß Aqqalu und die fremde Frau lachten, lachte sie auch, schrill und mit sich überschlagender Stimme. Dann sprang sie von ihrem Stuhl auf, warf sich auf den Fußboden und kroch zu der Decke, auf der sie immer spielt. Sie sang dabei laut. Ich sah, daß sie Tränen in den Augen hatte. Sie verschluckte sich und hörte gar nicht mehr auf zu husten.

Ich sagte, daß ich mit Lisa ein wenig vor die Tür ginge, wenn sie dazu Lust hätte. »Es regnet doch!« rief sie außer sich. Ich kenne Lisa. Es hätte keinen Sinn gehabt, ihr zu erklären, daß keine Wolke am Himmel stand. Ich sagte, daß es ein warmer Regen sei, der süß schmeckt, und daß ich deswegen vor die Tür ginge, auf Wiedersehen.

Ich setzte mich draußen auf die Treppe und zündete mir eine Zigarette an. Ich hatte noch nicht halb zu Ende geraucht, als ich hinter mir leise die Tür gehen hörte.

»Es regnet gar nicht«, sagte Lisa und setzte sich neben mich.

»Nein, wir haben nur geträumt«, sagte ich.

»Ist diese Frau da drin deine Mutter?« wollte sie wissen.

Ich sagte ihr, daß meine Mutter ganz weit weg sei. Irgend jemand muß Lisa in den letzten Tagen erzählt haben, daß jeder Mensch eine Mutter hat.

»Dann soll sie weggehen«, entschied Lisa und stampfte wütend mit dem Fuß auf.

Am Nachmittag, um die Zeit, als Dr. Rask seinen Mittagsschlaf beendet haben mußte, fuhr ich zum Altenheim hinunter. Unterwegs kam mir Frau Iversen entgegen. Sie winkte mir zu, daß ich anhalten sollte.

»Können Sie mich nicht zum Zentrum mitnehmen, Johannes«, sagte sie, während sie schon die Beifahrertür aufriß.

»Wo kommen Sie denn her?« fragte ich, um etwas zu sagen.

»Ich war bei einer Freundin, Sie wissen schon, sie ist die Nachbarin Ihres Freundes Aqqalu. Sie sind doch befreundet mit ihm, nicht wahr?«

Ich spürte einen sonderbaren Unterton in dieser Frage.

»Wir sind Freunde, das kann man sagen. Soll ich Sie hier vor dem Supermarkt rauslassen?«

Ich hielt den Wagen an. Wie zufällig berührte Frau Iversen mit der Hand mein Knie.

»Dann sollten Sie aber unbedingt mit ihm reden, daß er das Kind nicht mehr schlägt.«

Aqqalu sollte Lisa schlagen? Es kam mir so vor, als hätte ich noch niemals eine verrücktere Behauptung gehört.

»Hören Sie, Frau Iversen«, sagte ich ruhig, »ein Kind kann sich überhaupt keinen besseren und liebevolleren Vater vorstellen als Aqqalu.«

»Lieber Johannes, Sie haben eben keine Ahnung von Kindern, von Kindererziehung. Seien Sie froh! Aber ist Ihnen denn noch nie aufgefallen, wie verstört dieses Kind ist? Und noch keine zwei Stunden ist es her, da ist sie schreiend aus dem Haus gelaufen. Sie können meine Freundin fragen! Wir waren ganz erschrocken. Gekrümmt hat sich das Kind vor Schmerzen. Wir sind rausgelaufen und zu ihr hin. Aber Sie wissen ja, wie sie ist. Sie wollte uns nicht sagen, was passiert ist. Hinters Haus ist sie gelaufen, da sitzt sie immer auf einem Stein.«

Ich saß am Steuer und sah Frau Iversen nach, wie sie auf den Supermarkt zuging. In der Vorstellung sah ich sie von ihren drei Kindern umgeben, die mir in ihrer Magerkeit doch wie unzerstörbare gefräßige Bestien vorkamen, in diesem Augenblick. Dann klopfte jemand an das Seitenfenster. Ein Halbwüchsiger mit einer Baseballmütze stand draußen und bewegte den Unterleib wie beim Ficken. Zwei andere Jungen standen daneben und krümmten sich vor Lachen.

Ich war schon ein wenig spät dran. Dr. Rask und Sarah warteten vor dem Eingang des Altenheims. Auf dem Programm stand ein Ausflug ins Tal der Blumen. Sarah aber war nicht für einen Ausflug in die Wildnis angezogen: Sie trug das kurze Kleid von vorgestern, und als sie mich zur Begrüßung flüchtig umarmte, stieg mir ein großstädtisches Parfüm in die Nase.

Dr. Rask blickte auf seine Nichte, sah dann an sich herunter.

»Wir sehen ja aus, als ob wir zu einer Taufe führen«, sagte er und lachte. »Aber haben Sie keine Angst, Johannes, es bleibt also bei dem Ausflug ins Tal der Blumen.«

Das Tal der Blumen liegt westlich des Dorfes. Bis zum Friedhof kann man den Wagen nehmen; der Weg dorthin zweigt von der Straße zwischen Hotel und Dorfzentrum ab.

Der Friedhof ist von einer kaum kniehohen, lose aus Steinen zusammengefügten Mauer umgeben. Das Gras zwischen den Gräbern ist zertreten. An manchen Stellen ist es ganz verschwunden: Die Erde ist lehmbraun. Ein Gletscherabfluß, freilich nur ein schmales Rinnsal, hat sich einen Weg quer durch die Gräber und zum Teil über sie hinweg gebahnt. Die gekalkten Holzkreuze stehen fast alle schief. Die vielen Blumen auf den Gräbern leuchten gelb und violett, rot und weiß. Sie sind alle aus Plastik.

Gegenüber dem Dorf liegt der Friedhof etwas erhöht: eine Handvoll bunter Hütten, über denen aus dieser Perspektive gleich die Wände der Nunatakken in die Höhe wachsen.

Sarah ging lange zwischen den Gräbern herum, las die Namen und die Geburts- und Sterbedaten der Toten. Daß so viele junge Menschen hier begraben sind, muß ihr aufgefallen sein. Sie fragte uns nicht danach.

Dr. Rask und Sarah sprachen wenig, fast als hätte es eine Unstimmigkeit zwischen ihnen gegeben.

Es ist ein Wiesenpfad, der von hier aus in das Tal hineinführt. Wir gingen langsam, wegen Dr. Rask und wegen Sarahs Garderobe. Ich aber hatte meinen eigenen Grund, langsam zu gehen: Ich erwartete den Moment, in dem sich, hinter einer Bodenwelle, plötzlich die weite Grasebene öffnet, mit dem kleinen See im Hintergrund.

Als ich zum erstenmal an dieser Stelle stand, ging mir durch den Kopf, daß die Abwesenheit einer ungeheuren Menschenmenge vonnöten sei, um eine Leere zu erzielen, wie sie über diesem Tal lag. Damals wußte ich noch nicht, daß sich auf der anderen Seite des Sees, verborgen von Bodenwellen, eine Wüste aus Sand und Steinen erstreckt, bis zu den Bergen am Horizont.

»Von solchen Landschaften träumt man manchmal«, sagte Sarah.

»Ich hatte auch das Gefühl, das kennst du doch schon, als ich zum erstenmal hierherkam«, sagte Dr. Rask.

»Und die Blumen? Es heißt doch Tal der Blumen?«

»Dafür ist es schon zu spät, mein Kind. Nur das Polarweidenröschen, Chamaenerion lalifolium, wird sich wohl noch finden. ›Niviarsiaq‹ nennen es die Grönländer – das bedeutet ›Jungfrau‹.«

Es fiel mir auf, daß Sarah auf diese scherzhafte Belehrung mit keiner Miene reagierte. Sie hatte wohl gar nicht zugehört.

Ein leichter Wind war aufgekommen und strich über das dichte hohe Gras, so daß ein seltsam fiebriges, fast rauschhaftes Flimmern von helleren und dunkleren, glänzenden und matten Grüntönen das Tal erfüllte.

Nachdem wir einige hundert Meter weit gegangen waren, blieb Dr. Rask stehen.

»Es ist fast ein Vierteljahrhundert her, seit ich zuletzt hier gewesen bin«, sagte er. »Der See da vorne erscheint im Nachmittagslicht milchweiß. Tatsächlich ist er vollkommen klar, Sie wissen es, Johannes. Es gibt kein pflanzliches oder tierisches Leben in ihm, obwohl es sonst in den Gewässern hier von Fischen wimmelt. Der See ist so kalt, daß ihr beim Atmen über seiner Oberfläche ein Stechen in der Lunge verspüren würdet. Als ich jung war, bin ich oft an diesem See gewesen, sogar im Winter habe ich mich manchmal auf den Weg gemacht, mit den Skiern. Ich habe mir überlegt, wie viele Wolkenbildungen, wie viele hunderttausend Polarlichter sich schon in diesem See gespiegelt haben müssen. Und dann hatte ich einen Patienten, einen alten Mann, der eine merkwürdige Beziehung zu diesem See unterhielt. Er hatte eine Lungenentzündung und lag im Sterben. Dieser Mann erzählte mir, daß er sich jede Nacht im Traum in diesen See verwandelte, schon seit Beginn seiner Krankheit. Der See ist dann von Blut und voller pumpender, pochender Eingeweide, erzählte er, zuckende weißliche Klumpen, mit blauen und roten Netzen feinster Äderchen überzogen, auch Knochen und Muskelfasern schwimmen in der dickflüssigen Masse herum. Und über dieser Masse bilden sich in der kalten Luft dünne Dunstschwaden. Aber wenn ich den Kopf neige und auf den See sehe, der ich selbst bin, erzählte mir der Mann, dann ist das Wasser plötzlich doch völlig durchsichtig, und ich sehe die hellen Steine auf dem Grund. Der Mann starb dann am nächsten Tag, und irgend etwas hat mich davon zurückgehalten, je wieder hierherzukommen.«

Ich habe mich bemüht, die Geschichte Dr. Rasks von dem Blutsee möglichst genau aufzuzeichnen. Sie gehört zu der Sorte von Geschichten, über die ich gerne nachdenke. Geschichten, die vielleicht nicht wirklich etwas bedeuten, aber gerade deswegen Erinnerungen oder Phantasien um sich anordnen, wie ein Kristall.

Leider bin ich zum Schluß immer mehr von meinem Wachstuchheft abgelenkt worden: Larsen ist heute besonders schlecht gelaunt, die ganze Zeit hat er mit den Mädchen geschimpft, mit der Faust gegen den Schrank geschlagen und auf die »Herrschaften« geflucht. Es gibt keine Minute Ruhe in der Küche, wenn Larsen solcher Stimmung ist. Kein Zweifel, daß er sich heute betrinkt.

Ich bin dann hinausgegangen, um zu Abend zu essen. Larsen hat sich mir gegenüber auf einen Stuhl gesetzt und hat mich wütend angesehen.

»Der geheimnisvolle Herr Grahn, oder wie er immer heißen mag, geruht zu speisen. Zuviel der Ehre!« rief er und öffnete eine Bierdose. »Hoffentlich mundet es dem Herrn. Damit er morgen seinen einstündigen Chauffeurdienst zur allgemeinen Zufriedenheit der Herrschaften verrichten kann!«

Ich hätte Larsen sagen können, daß ich morgen nichts zu tun habe. Ich hätte auch sagen können, daß er beileibe nicht mehr arbeitet als ich. Statt dessen aß ich wortlos weiter. Es liegt mir nichts daran, Larsen zu verletzen oder ihm das Recht auf seine Unzufriedenheit abzusprechen. Denn im Grunde verstehen wir uns ganz gut, Larsen und ich, schließlich sitzen wir in einem Boot, wie man so sagt.

Nach unserem Ausflug in das Tal der Blumen hat Sarah mich gebeten, sie bei Aqqalu abzusetzen. Aqqalu hat sie bei sich zum Abendessen eingeladen, zu einer grönländischen Spezialität.

»Aqqalu hält wirklich große Stücke auf dich«, sagte Sarah, nachdem Dr. Rask vor dem Altenheim ausgestiegen war. »Du seist ein guter Mensch, auch wenn es dir schwerfällt, es zu zeigen, hat er gesagt.«

Ich sagte darauf nichts. Was hätte ich sagen sollen?

»Was hast du zu deiner Verteidigung vorzubringen?« sagte sie, um das Schweigen zu unterbrechen.

Ich fragte sie, wie sie Aqqalu finde.

»Nett«, sagte sie, »wirklich, ich mag ihn sehr.«

Wir waren vor Aqqalus Haus angekommen. Ich hielt an, ohne den Motor abzuschalten: Ich war müde und sehnte mich nach meinem Zimmer. Sarah fragte, ob ich nicht noch »auf einen Sprung« mit hineingehen wolle. Ich sagte, daß es Lisa nicht gefällt, wenn ich komme, um gleich wieder wegzugehen.

Daß Frau Iversen sich irrt, davon bin ich fest überzeugt. Sie muß aus den Beobachtungen, die sie gemacht hat, falsche Schlüsse gezogen haben. Es mag sein, sie glaubt, Lisa sei nicht anders als ihre eigenen Kinder, die in ihrer Magerkeit so unüberwindlich sind, so absolut geschaffen für die Verhältnisse nicht nur in Ostgrönland, sondern auf diesem Planeten überhaupt.

Ich glaube Frau Iversen nicht. Es kränkt sie als Mutter vielleicht nur, daß Lisa, die kaum weiß, daß Kinder normalerweise Mütter haben, ein irgendwie außergewöhnlicher kleiner

Mensch zu sein scheint. Ich sehe es gern, wenn Aqqalu mit Lisa an der Hand durch das Dorf wandert, wenn er für sie kocht oder in der überheizten Küche neben ihr auf dem Fußboden sitzt und Legosteine zusammenfügt, zu irgendwelchen phantastischen Burgen. Alles das hat etwas von einer Meditation. Aqqalu ist sicher kein Erzieher: Darin hat Frau Iversen recht.

Ich selbst habe ja nie einen Vater gehabt, nur einen schattenhaften Stiefvater einen Sommer lang. In der Erinnerung ist er kaum mehr als ein großer dunkler Körper, der sich zwischen mich und das grelle Blau und Grün regloser Julitage schiebt. Ich fürchtete ihn, wie ich Schatten überhaupt fürchtete. Als meine Mutter dann im Herbst an einer Geburt starb und meine Schwester und ich zu unseren Großeltern kamen, verschwand er so lautlos aus meinem Leben, wie er in es eingedrungen war. Er hat uns nie besucht. Meine Schwester besitzt ein Hochzeitsfoto, meine Mutter hält die kleinen grauen Augen verlegen auf den Blumenstrauß in ihrer Hand gerichtet, der Mann neben ihr hat eine Stirnglatze, buschige Augenbrauen, die von den Augen ablenken, unter den mädchenhaften Lippen ein breites und rundes Kinn. Ich konnte diese beiden Gesichter nicht unter meine Kindheitseindrücke einordnen, wie überhaupt alles, was aus dieser Zeit übriggeblieben ist, nicht zu meinen Erinnerungen paßt. Zwei- oder dreimal habe ich dieses Photo angesehen, damals, als ich mir noch eine Geschichte zuschrieb, die, einmal aufgedeckt, mich erzählen, erklären und in einen Zusammenhang bringen würde.

Ich war sieben oder acht Jahre alt, glaube ich, als meine Mutter aus dem Krankenhaus nicht mehr zurückkehrte. Ihre Abwesenheit ist eine Flucht von leeren Zimmern in der Erinnerung, finstere Novembertage, ein Gang durch den Schneeregen an der

Hand des Großvaters, Geschichten aus seinem Mund, die mir angst machten, weil sie von einer Zeit handelten, in der es mich noch nicht gegeben hatte, die Gewichte an der Uhr im Wohnzimmer, die alles in eine traurige Genauigkeit tauchten. Dann gab es die Holzfiguren, die mein Großvater in großer Anzahl schnitzte, auf den Schränken, dichtgereiht auf langen Wandborden, sie waren schwer, undurchdringlich und traumlos. Wo man sie einmal hingestellt hatte, blieben sie für immer stehen. Ihre Reglosigkeit war überall in den Zimmern zu spüren, auch wenn man aus dem Fenster sah, an die Zimmerdecke, wenn man die Augen für lange Zeit geschlossen hatte, in der Hoffnung, man wäre woanders, wenn man sie wieder öffnete.

Es ist noch immer August, doch man spürt schon, daß der Winter nicht mehr weit ist. Das Licht ist nachts schon schwächer; ohne daß dabei der Himmel dunkler geworden wäre, lassen sich die Häuser des Dorfes schwerer unterscheiden. Morgens ist es sehr kalt, mein Fenster ist beschlagen, und die paar Grasbüschel unmittelbar darunter sind hartgefroren. Die Gäste werden weniger; vorgestern, am Freitag, brachte ich erstmals in diesem Jahr sämtliche neuangekommenen Gäste im Wagen unter, so daß ich nur einmal vom Helikopterlandeplatz zum Hotel fahren mußte. Es gibt also weniger zu tun, für mich und für andere. Eine der beiden dänischen Kellnerinnen, es ist die mit dem hüftlangen Haar, ist letzte Woche nach Kopenhagen zurückgeflogen, und die andere reist morgen ab. Von den einheimischen Mädchen arbeitet jetzt nur noch eines in der Küche.

Es gibt viele Merkmale, die das nahe Ende des Sommers anzeigen. Schon formieren sich die ersten Vogelschwärme für den Zug nach Süden; Dr. Rask hat sie beobachtet. Täglich erwarte ich die bräunlichen, rasch über den Himmel fließenden Wolkenfelder, die im letzten Jahr die Herbststürme nach sich zogen. Aber noch kenne ich die meisten dieser Merkmale nicht, es wird zweifellos noch Jahre dauern, bis ich die wichtigen Zusammenhänge kenne.

Es ist jetzt zwei Tage her, daß ich Sarah zum letztenmal gesehen habe; das war, als ich sie vor Aqqalus Haus abgesetzt habe. Wenn sie ihren Sinn inzwischen nicht geändert haben sollte, wird sie morgen nach Kopenhagen zurückfliegen.

Zwei Uhr vorüber: Allmählich muß ich mich auf den Weg zum Altenheim machen. In etwa einer halben Stunde wird Dr. Rask von seinem Mittagsschlaf erwachen. Sein Zimmer ist von der Nachmittagssonne erfüllt. Er hat das Fenster geöffnet, falls es nicht windstill ist, werden die dichten weißen Gardinen ins Innere des Zimmers geweht. Dr. Rask steht vor dem kleinen Spiegel an seinem Schrank und bindet sich die Krawatte. Er hat die Angewohnheit, sich im Spiegel neugierig anzusehen, wie einen Fremden, oder als bestünde die Möglichkeit, etwas Neues zu entdecken.

Ich sehe Dr. Rask das Schachbrett aus dem Schrank nehmen, die Figuren aufstellen, den Stuhl vor das Tischchen rücken. Dann setzt er sich in den zimtfarbenen Sessel, um auf mich zu warten. Er nimmt ein Buch zur Hand, blättert darin, ohne zu lesen. Er lauscht auf die Geräusche außerhalb seines Zimmers, das ferne Geheul der Hunde von Zeit zu Zeit, Kindergeschrei oder das schwerfällige Schlurfen eines Alten über den Gang. Er nickt einen Moment lang ein, ist dann wieder hellwach und steht auf, um sein Jackett abzubürsten oder den Hut vom Bett zu nehmen und ihn auf die Ablage zu legen. Er wartet auf mich, ohne wirklich zu warten. Die Gewohnheit wartet für ihn. Für ihn handelt es sich nur darum, eine bestimmte Zeitstrecke hinter sich zu bringen.

Wo die Sonne durch einen schmalen Riß in der Wolkendecke drang, leuchtete das sonst eisengraue Meer grellweiß auf. Jetzt weitete sich dieses Leuchten, das aus dem Inneren des Meeres zu kommen schien, rasch aus und verblaßte dabei zu einem bleichen Schimmer. Es war wie ein Ausrinnen, der Küste entgegen, an der auf dieser Höhe die Dächer einer kleinen Ortschaft zu erkennen waren.

Ich saß in dem Café, das sich in der Kuppel des Heizkraftwerks auf dem Öskuhlíð-Hügel befindet. Um mich herum tranken Touristen in bunten Regenjacken Kaffee, die Füße in klobigen Wanderschuhen unter den dadurch noch kleiner wirkenden runden Tischen ausgestreckt. Ein paar Kinder liefen draußen auf der rings um den Gastraum herumführenden Aussichtsplattform. Eines der kleinen Mädchen, mit einer gelb-rot gemusterten runden Brille, zog beim Laufen ein Bein nach.

Zwei Kellnerinnen in weißen Blusen und blaugestreiften Seidenwesten standen starr, die Arme verschränkt, hinter der Kuchentheke. Ein halbwüchsiger Junge in einer schmutzigen grauen Jogginghose schob ein fahrbares Gestell vor sich her, an dem ein kleiner blauer Plastiksack angebracht war. Mit trägen Bewegungen kippte der Junge den Inhalt der Aschenbecher in den Sack.

Es war der Tag vor meinem Abflug nach Grönland, ein kalter, regnerischer Dienstag im Mai. Ich wußte nichts anzufangen, nicht mit mir, nicht mit dieser Stadt. Am Morgen hatte ich zufällig beobachtet, wie man einen Sarg in einen Lieferwagen mit der Aufschrift ›Icelandair‹ schob. Ich hatte gedacht, es könnte Agnes sein. Die Todesnachricht hatte ich erst aus der Zeitung ausgeschnitten. Aber dann doch mitten auf der Straße zusammengeknüllt und weggeschmissen. Ich schämte mich ein bißchen, daß ich immer noch Lust auf sie bekam, wenn ich länger an sie dachte.

Eine alte Dame hatte sich mir gegenüber an den Tisch gesetzt. Sie beugte sich über ihren Kuchenteller, so daß ich an ihrem Scheitel die bleiche Kopfhaut sehen konnte.

Am Himmel zeigte sich ein grauer, wehender Schleier: Über der Bucht Faxaflói ging ein Schauer nieder. Die alte Dame sagte irgend etwas auf isländisch über das Wetter. Wie verstört über die Witterung hatte sie mit dem Kauen aufgehört.

Dann hat es heftig zu regnen begonnen. Ich zögerte, die Halle zu verlassen, doch die Glastür vor mir öffnete sich automatisch, als sollte ich hinauskomplimentiert werden.

Der große Parkplatz vor dem Kraftwerksgebäude war leer bis auf einen kleinen Fiat. Im Vorbeigehen unterschied ich hinter der Windschutzscheibe, über die das Regenwasser strömte, eine bewegungslose Gestalt auf dem Fahrersitz.

Auf dem Weg ins Zentrum fiel mir die Gleichgültigkeit auf, mit der die Menschen sich im Regen bewegten. Viele hatten keinen Schirm, keine Regenkleidung. Zwei hochgewachsene Frauen kamen mir entgegen. Ich fror, und es verstörte mich, daß diese Frauen im Regen sprechen und gestikulieren konnten, als bemerkten sie ihn nicht.

Am Hlemmur zeigte eine beleuchtete Normaluhr elf Uhr dreizehn an. Das Meer war dunkelgrau. Die Gischthauben hoben sich deutlich ab. Gegen den Pizzastand gelehnt stand ein

Mann in einem abgetragenen blauen Filzmantel. Der Strohhut auf seinem Kopf triefte vor Nässe. Während er in ein Pizzastück biß, folgte er mit den Augen einem gelben Stadtbus. Durch die nassen Scheiben konnte man nicht ins Innere schauen.

Im Wartesaal der Busstation roch es von einem Schnellimbiß nach heißem Fett. Ich kaufte mir an einem Kiosk zwei Orangen. Ich setzte mich auf eine Bank und begann eine der Orangen zu schälen. Der Saft floß über meine Finger. Am Nagelbett des linken Daumens spürte ich einen brennenden, aber gleich wieder abklingenden Schmerz. Ich fror noch immer. Um mich her verbreitete sich ein säuerlicher Fruchtgeruch.

Ein kleines Mädchen an der Hand einer Frau mit schwerem rotem Haar blieb vor mir stehen. Eine Laufmasche zog sich am Bein der Frau empor, verlor sich unter dem Mantel. Ich stellte mir vor, wie die Laufmasche irgendwo in ihrem Gehirn auslief und Erinnerungen zerfaserte. Ich hielt dem Kind ein Stück von der Orange dicht vor die großen grünen Augen. Die Frau zerrte das Kind mit einem groben Ruck fort, bevor es nach dem Stück greifen konnte.

All das ging mir plötzlich durch den Kopf, während ich am Spätnachmittag, in dem immer etwas abgestandenen Sonnenlicht, das um diese Zeit herrscht, die leere Straße vom Dorf heraufging. Keine Einzelheit dieses Vormittags ist mir entfallen, nicht die Schlammspritzer am Spann der rothaarigen Frau, nicht die Matrosen, die sich lachend mit ihren vom Wind umgestülpten Regenschirmen abkämpften, nicht die vielen Ringe an den runzligen Fingern der alten Dame im Café.

Alles aufzuschreiben, hieße eine Chronik des Bedeutungslosen zu versuchen.

Nachdem ein Unglück passiert ist, habe ich oft das Gefühl, als ob es in Wirklichkeit schon lange in der Luft gelegen habe. Als ob man es vielleicht sogar hätte verhindern können, wenn man nur dem Gefühl gefolgt wäre, wenn man es nicht für bedeutungslos erklärt hätte, vor sich.

Nach dem Tod von Agnes bin ich lange mit solchen Vorstellungen durch die Straßen von Reykjavík gelaufen. Obwohl mir beides gleich unwirklich vorkam: die Begegnung mit ihr, nach so vielen Jahren, wie ihr Tod. Und obwohl es ein Unfalltod war, wie ihn niemand voraussehen kann.

Wenn ich daran denke, was heute morgen geschehen ist, mit Lisa, stellt sich diese Empfindung aufs neue ein, eine unsinnige Ahnung in die Richtung der Vergangenheit.

Nicht daß irgend etwas Außergewöhnliches zu beobachten gewesen wäre: Am frühen Morgen habe ich Sarahs Gepäck vom Altenheim abgeholt. Den Koffer hatte sie vor die Eingangstür gestellt. Sie selbst war nirgends zu sehen. Durch die Glastür sah ich am Ende des Flurs zwei Alte in Schlafanzügen beieinanderstehen.

Ich war noch nie so früh unten im Dorf gewesen. Alles lag in einer bläulichen Dämmerung, die die rotgestrichenen Häuser violett erscheinen ließ. Von den Eisschollen draußen im Fjord ging ein schwacher Fliederton aus. Die Schnee- und Eisfelder auf den Bergen, die schon im Sonnenlicht lagen, waren aprikosenfarben. Auf einem Eisengeländer am Hafen saßen wie aufgereiht die Möwen, mit den Köpfen unter den Flügeln.

Unwillkürlich fuhr ich langsam. Mir war kalt; zum erstenmal hatte ich im Wagen die Heizung aufgedreht. In den Radionachrichten war von einer Massenpanik bei einem Kaufhausbrand in Südkorea die Rede.

Auf dem Boden im Warteraum des Helikopterlandeplatzes lag eine Puppe von den Iversen-Zwillingen, mit langen blonden Haaren und einem hellblauen Rüschenkleid. Ich setzte sie ganz vorne auf das Förderband; dort mußte Frau Iversen sie sofort sehen. Daneben stellte ich Sarahs Koffer. Es fiel mir auf, daß er kein Adreßschild hatte. Ich rauchte noch eine Zigarette und fuhr dann zum Hotel hinauf.

Unter den abreisenden Gästen war der Schweizer, der die Natur ablehnt. Er grüßte mich freundlich und setzte sich auf den Beifahrersitz.

»Sie haben lange ausgehalten, hier in dieser Landschaft, die noch nicht einmal eine Gegend ist«, sagte ich.

»Weiß Gott, das habe ich. Weiß selbst nicht wie«, sagte der Schweizer. Der Rauch seiner Pfeife erinnerte mich an meine Kindheit, an einen schnurrbärtigen Onkel, der mich gern unter die Achseln faßte und weit in die Höhe hob. Wahrscheinlich rauchte dieser Onkel auch Pfeife. Meine Angst vor ihm war jedenfalls eine unüberwindliche.

»Was redest du denn da! Wo dir die Stille hier doch so gutgetan hat«, sagte seine Frau, die hinter mir saß.

»Eine nette Erinnerung gibt das«, sagte der Schweizer nachdenklich. »Ich glaube, ich werde gern an diesen Ort zurückdenken. Trotzdem.«

Am anderen Ende des Landeplatzes, gegen das Wasser zu, standen zwei Gestalten. Die eine deutete lange unbeweglich auf den Fjord. Es waren Sarah und Aqqalu. Nach einigen Minuten sah ich sie dann auf einmal zwischen den anderen Touristen vor der Absperrung.

Ich stieg aus, um mich von Sarah zu verabschieden. Beinahe rührend sah Aqqalu in Anzug und Krawatte neben Sarah aus.

»Danke, daß du den Koffer hergebracht hast«, sagte sie. »Danke überhaupt für alles.«

Ich fragte sie, wo Dr. Rask sei, ob er sie denn nicht verabschieden wolle.

»Das haben wir schon im Altenheim erledigt«, sagte sie. »Es war ihm heute zu anstrengend, zum Landeplatz zu kommen. Er fühlt sich nicht besonders gut. Du wirst nach ihm sehen, oder?«

Ich versprach Sarah, nachmittags bei ihm vorbeizuschauen. Aqqalu, der doch unentwegt eine Zigarette im Mundwinkel stecken hat, schien ganz ins Rauchen vertieft, blies den Rauch durch die Nasenlöcher, als habe er diesen Trick gerade erst gelernt.

»Du siehst aus wie ein richtiger Abgeordneter«, sagte ich zu ihm und zog ein wenig an seiner Krawatte. Sarah und Aqqalu lachten. Dann wurde es für Sarah Zeit zum Einsteigen. Sarah und Aqqalu küßten sich lange.

Nur sieben neue Gäste sind aus dem Helikopter gestiegen, so wenig wie noch nie. Ich habe Aqqalu gefragt, ob ich ihn bis zu seinem Haus mitnehmen solle. Er wollte aber zu Fuß gehen:

»Ich muß noch über etwas nachdenken, verstehst du.«

Mir ist nichts Verdächtiges aufgefallen, als ich an Aqqalus Haus vorbeifuhr. Die Morgensonne brach sich in den Scheiben, das Gras rings umher bewegte sich ein bißchen im Wind. Aqqalus Nachbarin, die Freundin von Frau Iversen, hatte weiße Bettlaken aufgehängt.

Ich habe das Gepäck ausgeladen und ins Foyer gestellt. Dann mußte ich noch einmal ins Dorf hinunter, um zu tanken und vom Hafen eine Ladung mit sechs Kisten Kognak abzuholen. Es war nicht einmal elf Uhr, als ich alles erledigt hatte. Ich bin dann auf mein Zimmer gegangen und habe in den *Ansichten von der Nachtseite der Naturwissenschaft* gelesen.

Erst gegen Mittag, vor ungefähr drei Stunden, habe ich von dem Unglück erfahren. Eines von den Zimmermädchen – es ist die, die mir immer die liegengebliebenen Zeitungen bringt – hat an meine Tür geklopft.

»Aqqalus kleine Tochter liegt im Krankenhaus«, sagte sie. »Sie ist von Hunden angefallen worden.«

Ich bin sofort zu Aqqalu hinuntergefahren. Die Haustür stand weit offen. Es war niemand zu Hause. Auf dem Küchentisch standen zwei Kaffeetassen. In einem Wasserglas ein kleiner Strauß Polarweidenröschen. Auf der Decke neben dem Ofen, auf der Lisa immer spielt, waren Legosteine verstreut. Draußen bellten Hunde.

Im Krankenhaus, das eigentlich nur eine Krankenstation ist, hat man mich nicht zu Lisa und Aqqalu hineingelassen. Die Schwester sagte mir, daß Lisa von einer Schlittenhundemeute in der Nähe ihres Hauses angefallen worden sei. Offenbar habe sie die Tiere gereizt. Sie habe am ganzen Körper schwere Bißwunden. Durch einen Biß an der Halsschlagader habe sie viel Blut verloren. Ich habe die Schwester gefragt, ob Lisa denn wieder auf die Beine kommen würde. Die Schwester hat nur den Kopf geschüttelt.

Heute gab es keine Gäste zu transportieren, also bin ich gleich nach dem Morgenkaffee zu Aqqalu gefahren, um ihn ins Krankenhaus zu begleiten. Er war ruhig, wortkarg, aber seine Bewegungen waren entschlossen, beinahe heftig. Es ist dieser Zustand, in dem man mit den Dingen wenig Geduld aufbringt.

Ich habe Aqqalu angeboten, daß wir doch den Wagen nehmen

könnten, aber er wollte lieber zu Fuß gehen. »Ich sitze doch den ganzen Tag an ihrem Bett«, sagte er. »Das bin ich ihr schuldig, auch wenn es für sie keinen Unterschied macht.«

Was am gestrigen Morgen eigentlich geschehen ist, habe ich nicht herausfinden können. Fest steht, daß das Unglück passiert ist, während Aqqalu Sarah am Helikopterlandeplatz verabschiedet hat. Ich habe es nicht gewagt, Aqqalu zu fragen, warum er Lisa allein gelassen hat. Ob er wohl annahm, sie schlafe noch? Aqqalu hat kein Bedürfnis, sich über die Ereignisse dieses Morgens auszusprechen.

»Was ich nicht verstehe, ist, wie Lisa sich überhaupt in die Nähe der Hunde wagen konnte. Sie hat sich doch immer vor ihnen gefürchtet?« habe ich Aqqalu gefragt. Er hat darauf nur gesagt:

»Ich verstehe es auch nicht. Aber dir ist es doch auch aufgefallen, Johannes: In letzter Zeit ist sie immer unbegreiflicher geworden.«

Im Krankenzimmer war trotz des sonnigen Morgens das Neonlicht eingeschaltet. Der Strauß von Sommerblumen auf dem Fensterbrett war aus Plastik, denn echte Blumen gibt es hier nicht zu kaufen. Ich mußte an die Unmengen grellfarbiger, unverweslicher Plastikblumen denken, die unseren Friedhof zu einem seltsam unheimlichen Ort machen.

Auf einem der beiden Stühle im Zimmer lag der Plüscheisbär. In seinen schwarzen Glasaugen spiegelte sich das Fensterkreuz. Aqqalu hatte sich sofort den anderen Stuhl vor Lisas Bett gerückt und dort Stellung bezogen. Er stützte die Ellbogen auf die Knie und hatte die Fingerspitzen aneinandergelegt. Daß es Lisas letzter Tag sein würde, wußte er da wohl schon; ich erfuhr es von der Schwester, die draußen auf dem Gang Laken in einen

Schrank räumte. »Im Krankenhaus sind wir alle sehr traurig. Lisa ist ein besonderes Kind, nicht wahr, wie aus einem eigenen Stoff gemacht. Nur ist es wohl ein Stoff, der sich für das Leben nicht so gut eignet. Sie war schon vor drei Jahren einmal hier. Damals war es der Blinddarm. Da wäre sie auch schon beinahe gestorben«, erzählte die Schwester, »aber der liebe Gott weiß, was er tut.«

Was die Schwester über Lisas Beschaffenheit sagte, ist sicher nicht falsch. Es gibt Menschen, zu denen der Tod nicht paßt, die man tot gar nicht denken kann. Und es gibt andere, die sich so nicht vorstellen lassen: gealtert, gereift, geläutert und unberührbar geworden durch die ruhige Bewältigung vieler Jahre. So ist Lisa gewesen. Bestimmt verging für sie die Zeit sehr schnell, mit ihr hat die Zeit ein leichtes Spiel gehabt. Sie war immer kränklich, fiebrig, traurig. Schreckhaft, weil jeden Augenblick das Leben eine neue Fremdheit annehmen konnte. Die Augenblicke reihten sich ihr nicht nach einem absehbaren Muster aneinander, als gelte es eine Kristallbildung: Mit jedem Augenblick begann das Leben neu.

Ihre Spiele und Phantasien, will mir jetzt vorkommen, waren auch keine Spiele mit der Wirklichkeit, sie nahmen nichts Zukünftiges vorweg wie sonst die Spiele der Kinder in diesem Alter.

Vor ein paar Wochen hat mir Aqqalu Lisa vorbeigebracht, damit ich für zwei Stunden auf sie aufpaßte. Es war sehr warm, vielleicht der wärmste Tag dieses Jahres. Lisa wollte unbedingt im Auto fahren, das hat sie immer geliebt. Also fuhr ich mit ihr ein Stück die Straße nach Kulusuk entlang. Am Strand hielt ich an. Überall lag Eis, in Formen, die nichts ähnelten als sich selbst und für die allenfalls die grönländische Sprache Worte haben mag. Die Blöcke im harten, gleißenden Sonnenlicht schienen wie mit einem Firnis überzogen. Wassertropfen sickerten unablässig herab und wurden vom Sand aufgesogen.

Als Lisa sich einmal umdrehte und ihre Fußspuren deutlich und tief in den Sand eingedrückt sah, begann sie zu weinen und wollte um jeden Preis auf den Arm genommen werden. Sie glaubte fest, daß Geister in diese Eisblöcke eingeschlossen seien: »Wenn das Eis geschmolzen ist, sind sie frei. Dann sehen sie unsere Spuren und gehen ihnen nach. Dann wissen sie, wo wir wohnen. Dann nehmen sie uns mit, und wir finden nicht mehr heim.«

Im Krankenhaus hat man recht behalten: In der Nacht ist Lisa gestorben. Vorhin hat Dr. Rask angerufen und es mir gesagt. Ich stand gerade in der Küche und habe meinen Morgenkaffee getrunken. Von der Koppel heulten die Hunde. Ich stand eine Weile da, den Hörer am Ohr, und konnte nichts sagen.

Jetzt sitze ich in meinem Zimmer. Mir ist kalt. Ich habe rasch hintereinander zwei Zigaretten geraucht, deshalb ist mir ein wenig schwindlig.

In einer halben Stunde muß ich anfangen, das Gepäck einzuladen; heute ist ein Abreise- und Ankunftstag. An solchen Tagen hat der Hoteldiener alle Hände voll zu tun, wenigstens bis zum Mittag.

Unter den neu angekommenen Gästen – wieder sind es nur acht oder neun – befindet sich auch Markus Brack. Er war der letzte, der aus dem Ausstieg des Helikopters kletterte, mühsam, wegen seiner außerordentlichen Größe. Er trug denselben dunkelblauen Mantel, in der rechten Hand hatte er denselben kleinen Koffer, mit dem er abgereist war.

Nach ein paar Schritten stellte er seinen Koffer ab und zündete sich eine Zigarre an, obwohl ein großes Schild an der Wand der Baracke offenes Feuer verbietet.

Während die anderen Gäste in den Wagen stiegen, trat Brack – ein wenig schwankend, wie mir vorkam – auf mich zu und sprach mich an:

»Ich grüße Sie, Herr Grahn«, sagte er (er sprach meinen Namen gedehnt wie in Anführungszeichen aus), »wie Sie sehen, geht es mir wie Ihnen: Auch mich läßt dieser Ort hier nicht mehr los.«

Brack sprach Dänisch mit einem deutlichen deutschen oder vielleicht österreichischen Akzent. Seine Stimme war leiser und weniger tief, als ich mir vorgestellt hatte.

Sein Gesicht war dem meinen so nahe, daß ich hinter den getönten Brillengläsern die kleinen Augen unter den verschwollenen Lidern erkennen konnte. An der Stirn hat er eine kleine Narbe. Die Oberlippe scheint dicker zu sein als die Unterlippe. Er war schlecht rasiert, über die Wangen waren einzelne, ziemlich lange Bartstoppeln verstreut. Trotz des Duftes der wohl teuren Zigarre konnte es mir nicht entgehen, daß er stark nach Schnaps roch.

Ich antwortete, daß ich hier angestellt sei. Brack lachte in sich hinein und öffnete die Tür zum Beifahrersitz.

»Danke, ich behalte meinen Koffer bei mir«, sagte er, »er enthält das wenige, was mir geblieben ist.«

Er setzte sich in den Wagen und starrte bewegungslos durch die Windschutzscheibe auf den Helikopter, der gerade gestartet war und nun über der Landefläche eine Schleife drehte. Ich wartete draußen, bis alle Gäste auf ihren Plätzen saßen. Erst dann setzte ich mich hinters Steuer und fuhr los. Ausnahmsweise hatte ich das Radio angedreht.

»Sie fahren also hier immer auf und ab, zwischen Helikopterlandeplatz und Hotel, tagaus, tagein, darin besteht Ihre Aufgabe, soweit ich verstanden habe«, sagte Brack und streifte bedächtig die Asche von seiner Zigarre.

»Ja, an den Tagen, an denen Gäste abreisen und ankommen«, sagte ich. Im Licht der Worte, die Brack benutzte, kam mir diese Arbeit plötzlich selbst fragwürdig vor. Ich fügte hinzu:

»Übrigens kommt es äußerst selten vor, daß ein ankommender Gast identisch ist mit einem, der zwei Wochen zuvor abgereist ist.«

»Man könnte meinen, jahrelange Erfahrung spräche aus Ihnen«, sagte Brack mit einem ironischen Lächeln. »Und doch dürfte es Sie in meinem Fall nicht überrascht haben. Denn daß ich mein Zimmer die ganze Zeit bezahlt habe und daß ich auch den größeren meiner beiden Koffer hiergelassen habe, dürfte Ihnen kaum verborgen geblieben sein, nicht wahr?«

Ich sagte, daß ich die Zimmermädchen von diesem nicht ganz alltäglichen Vorkommnis habe reden hören.

Brack hat leise vor sich hingelacht. Dann schien er plötzlich geistesabwesend. Den Rest der Fahrt hat er kein Wort mehr gesagt.

Iversen lag daheim auf dem Küchensofa und schlief seinen Rausch aus, wie Frau Iversen behauptete. Sonst aber folgten alle Lisas Sarg: Frau Iversen in einem großstädtischen schwarzen Kostüm, ihre hageren drei Töchter, Aqqalus Nachbarin und ihr Mann, Uqsina, der sein Taxi vor der Kapelle geparkt hatte, die

Küchen- und die Zimmermädchen vom Hotel, Dr. Rask und noch zwei, drei andere aus dem Altenheim, die Lehrerin, die Krankenschwester und der Arzt, und sogar Larsen, frisch rasiert, in einem abgeschabten schwarzen Lodenmantel, der ihm etwas Militärisches verlieh.

Ich hatte noch vier Gäste zu fahren, die einen Helikopterflug zum Inlandeis gebucht hatten. Deshalb kam ich zur Messe zu spät, der Trauerzug bewegte sich schon die Straße hinauf, von der der Pfad zum Friedhof abbiegt.

Am Morgen hatte ich in der Ferne den Preßlufthammer des Totengräbers gehört: Man braucht auch im Sommer nicht tief zu graben, um auf gefrorene Erde zu stoßen. Ich habe an Lisas Angst vor lauten Maschinen denken müssen. Mir ist durch den Kopf gegangen, daß zu jeder Angst Anlaß besteht, daß die Ängstlichen immer recht haben, zuletzt.

Der Pastor sprach nur ein paar Sätze auf grönländisch. Wegen der weiten Fläche um uns her klangen sie gedämpft, wie in eine andere Richtung gesprochen. Es muß ein Gebet gewesen sein, das letzte Wort lautete Amen.

Die Sonne schien hell in die lehmbraune Grube. Aqqalu neben mir sah niemanden an. Mücken setzten sich auf unsere Gesichter und stachen. Das Gras ringsum war niedergetreten. Über dem Dorf stieg der Helikopter mit den vier Touristen in einen wolkenlosen Himmel auf. Das Motorengeräusch klang dumpf, wie unter einer Decke.

Frau Iversen und Aqqalus Nachbarin standen vor dem Grab nebeneinander. Anfangs sahen sie sich manchmal vielsagend an. Die Zwillinge, in ihren hellen Sonntagskleidern, hielten sich an den Händen. Dr. Rask hielt seinen schwarzen Hut in der Hand. Markus Brack, von unwirklicher Größe, lehnte die Ellbogen gegen den Friedhofszaun und schaute unbeweglich herüber. Nur manchmal hob er die rechte Hand, um an seiner Zigarre zu ziehen.

Ich hätte Aqqalu nach der Beerdigung begleiten, ihm als Freund zur Seite stehen sollen. Es ist möglich, Dr. Rask wird mir das am Sonntag vorhalten. Die merkwürdigen Umstände von Lisas Tod, das Merkwürdige im Verhalten Aqqalus nimmt Dr. Rask nicht zur Kenntnis. Für ihn scheine ich derjenige zu sein, der sich sonderbar benimmt.

Ich bin nach der Beerdigung nach Hause gegangen und habe mich umgezogen. Den Anzug, den ich hier zum erstenmal getragen habe, habe ich zurück in den Koffer gelegt, den Koffer wieder oben auf den Schrank geschoben. Einen Augenblick lang hatte ich mich nackt in dem Anzug gefühlt, als ob meine Innenseite, mit all den Gedanken und Erinnerungen, die daran haften, nach außen zeige. Das war, während der Pastor sein Gebet sprach und ich einem abschweifenden Blick Dr. Rasks folgte, der an der riesigen Gestalt Markus Bracks endete.

Ich habe mir die Wollmütze und die Sonnenbrille aufgesetzt, den Aktenkoffer mit dem Wachstuchheft und einer Dose Bier darin auf den Beifahrersitz des Busses geworfen und bin losgefahren, immer die Straße nach Kulusuk entlang.

Jetzt wird es kühl im Gras, wo ich sitze. Nicht daß ein Wind aufgekommen wäre; die Kälte, die das Eis auf dem Fjord vor mir ausstrahlt, nimmt zu in dem Maß, wie der Abendschatten sich über dem Wasser ausbreitet. Die Hand, die den Stift hält, wird klamm. Dadurch verändert sich meine Handschrift, sie wird eckiger und unregelmäßig. Die Worte werden breiter, das Geschriebene verliert seine Vertrautheit. Als könnte in der Kälte nichts beim alten bleiben.

Als ich am Abend zurück ins Hotel kam, saß Markus Brack Larsen gegenüber am Küchentisch. Larsens Backen waren noch immer sorgfältig rasiert. Er trug ein weißes Hemd, an dem auch der Kragenknopf geschlossen war. Die Kochmütze hatte er nicht auf. Markus Brack trug einen dunklen Zweireiher. Am Ringfinger der Hand, die die Zigarre hielt, trug er einen Siegelring. Es fiel mir auf, daß Larsen und Markus Brack ähnliche Brillen tragen, der grobschlächtige Seemann und der elegante Herr aus Deutschland.

Auf dem Tisch stand eine Flasche Bourbon. Sie tranken den Whiskey aus Wassergläsern, weil es bei uns in der Küche keine anderen Gläser gibt.

»Da bist du ja, Johannes Grahn, oder wie du nun auch immer heißen magst, mein Junge«, begrüßte mich Larsen mit schwerer Zunge.

»Guten Abend, Herr Grahn«, sagte Markus Brack auffallend leise und nickte mir lächelnd zu, wie man jemanden auf der Straße grüßt.

»Willst du nicht ein Glas mit uns trinken, wir unterhalten uns gerade so gut«, sagte Larsen und erhob sich schwerfällig von seinem Stuhl, um ein Glas aus dem Schrank zu nehmen.

»Tun Sie uns den Gefallen«, sagte Markus Brack und lächelte. Seine Lippen waren feucht, die Schatten unter seinen Augen erschienen im Neonlicht violett, doch er sprach klar und akzentuiert. Seine Schultern waren von Schuppen bestäubt. Die Krawatte war gelockert.

Ich setzte mich und zündete mir eine Zigarette an. Larsen schenkte mir das Glas halbvoll.

»Hast du doch tatsächlich unter den Herrschaften einen Freund gefunden«, sagte ich zu ihm.

»Was heißt Freund«, sagte Larsen grob. »Wir trinken eben etwas. Unter Männern.«

Wir stießen an. Markus Brack betrachtete uns. Sein Lächeln schien unveränderlich. In seinem Blick war die lauernde Genauigkeit der Betrunkenen. Beim Trinken machte er den Arm steif, um nicht zu zittern. Sein Ärmel war mit Zigarrenasche beschmutzt.

»Ich habe Herrn Larsen gefragt, ob Sie dazugehören«, sagte er schließlich zu mir gewandt, »Sie verstehen, was ich sagen will, ob Sie wirklich hier dazugehören, auch in den Augen der anderen.«

Ich sah Larsen an. Er hatte den Kopf erhoben, als betrachtete er die Decke. Über dem geschlossenen Kragenknopf bewegte sich der Adamsapfel. In den fettverschmierten Brillengläsern spiegelte sich die Neonröhre.

»Niemand gehört hier dazu«, sagte er. »Es gibt nichts, zu dem man gehören könnte. Das ist alles Unsinn.«

»Ja, genau das hat Herr Larsen mir geantwortet«, sagte Markus Brack. »Eine gute Antwort.«

»Ja, eine gute Antwort«, sagte Larsen und leerte sein Glas in einem Zug.

Markus Brack zog an seiner Zigarre und lächelte mit seinen feuchten Lippen.

»Ein idealer Ort zum Verschwinden, an dem wir uns hier befinden, meine Herren. Man könnte fast sagen: ein Bermudadreieck.«

Larsen schien mit Interesse seine Hand zu beobachten, wie sie sich langsam der Flasche näherte. Draußen hörte man ein paar Leute vorbeigehen. Eine Frau lachte hell auf.

Ich sagte, daß hier noch niemand verlorengegangen sei, meines Wissens. Noch während ich diesen Satz sagte, mußte ich an Lisa denken. Dann fiel mir Aqqalu ein. In meiner Vorstellung sah ich ihn auf seinem Sofa sitzen. Er starrte auf die Decke mit den Legosteinen hinunter. Ich wünschte mir, er möchte so dasitzen.

»Für die anderen verloren, meinte ich. Für die, die die Welt jenseits des Packeises bewohnen«, sagte Brack.

Ich glaube, ich habe ihm recht gegeben. Es war wohl wegen des Whiskeys, daß ich ihm kaum zuhörte. Dennoch erinnere ich mich jetzt, nach Mitternacht, während die beiden noch immer draußen in der Küche sitzen und trinken, wieder an jedes Wort Bracks.

»Der Hoteldiener Johannes Grahn«, sagte er, »ein zurückhaltender, bescheidener Mensch. Tut, was man von ihm verlangt, verlangen darf. Man schätzt seine ruhige, gelassene Art, ohne ihm gerade in Liebe zugetan zu sein. Noch vor ein paar Monaten hätte man ihn für einen jungen Ehemann, einen angehenden Familienvater halten können, anderswo, hier trifft man ihn als den Außenseiter, der doch nicht wegzudenken ist. Dieses Dorf ohne Grahn, dieses Hotel ohne seinen Chauffeur, seinen Hoteldiener kann sich niemand mehr vorstellen. Seine Sonnenbrille und seine blaue Wollmütze sind seine Tarnkappe. Was durch diese Tarnkappe noch hindurchschimmert, ist freilich unbedingt vertrauenswürdig...«

»Sagen Sie, Brack, was wollen Sie eigentlich von dem Jungen?« fragte Larsen und verschränkte die Arme.

Ich versuchte Larsen begreiflich zu machen, daß dieser Mann mich mit jemandem verwechsele und sich hartnäckig weigere, seinen Irrtum einzusehen. Ich versuchte so zu sprechen, als ob Markus Brack gar nicht da wäre.

»Also raus damit«, sagte Larsen mit schwerer Zunge, »für wen halten Sie ihn denn?«

»Wer weiß? Vielleicht für mich selbst«, sagte Markus Brack und lächelte.

In der Nacht hatte ich einen von diesen Träumen, die in Augenblicken das, was man in jahrelangem Vor-sich-Hinleben angesammelt hat, wie in einem Rausch aufbrauchen.

Ich trat aus Aqqalus Haus und öffnete, während ich die hölzernen Verandastufen hinunterstieg, einen großen roten Regenschirm, obwohl keine Wolke am Himmel zu sehen war. Vor dem Haus dehnte sich eine ebene Wiese bis zum Horizont, nur von einem Bahndamm durchschnitten. Ein Wind, den ich nicht spürte, bewegte die Halme. Eine reglose Gestalt, die ich im Gras unterschied, war ich im Näherkommen selbst, als kleiner Junge, nackt, von der Größe eines Neugeborenen. Jetzt hob der Junge seine langen, erschreckend dünnen Arme und bewegte sich langsam auf mich zu. Sein Mund war geöffnet, als stoße er einen stummen Schrei aus. Ich begann zu laufen, bemerkte nun auch, daß ich barfuß war, das Gras fühlte sich warm an, darunter spürte ich das kalte, feuchte Erdreich. Schließlich zwang mich ein den Bahndamm entlangrollender Zug zum Stehenbleiben. Aus manchen der Fenster lehnten sich winkende Gestalten, die mir ähnelten. Unbemerkt glitt mir der Schirm aus der Hand. Ich sah ihn hoch über meinem Kopf schweben und höhersteigen, er war aber geschlossen und erinnerte an einen roten Fetzen oder an ein Kleidungsstück. Den Jungen, der mich verfolgte, hatte ich über diesem Anblick vergessen, der Schreck, mit dem er mir wieder einfiel, ließ mich aufwachen.

Morgens, beim Aufwachen, erhalte ich jeden Tag aufs neue die Nachricht von Lisas Tod: Der Schlaf nimmt von den Tatsachen der Tage nicht Kenntnis. Oder es werden in ihm die Tatsachen jede Nacht wieder zurückgenommen.

Heute ist etwas Merkwürdiges passiert. Im Dorf ist es ja ruhiger geworden. Die Saison neigt sich dem Ende zu. Es sind nur noch wenige Touristen, die mit ihren Photoapparaten und Videokameras die steilen Straßen auf und ab wandern. Aber auch die Dorfbewohner halten sich jetzt seltener im Freien auf: Das Wetter ist kühl und windig. Halbe Tage lang verbirgt sich die Sonne hinter bräunlichen Wolkenbänken.

Dr. Rask hat das Schachspiel für Sonntag abgesagt, zum ersten Mal. Er sagt, er fühle sich nicht wohl.

Für mich gibt es in diesen Tagen wenig zu tun. Die Langeweile erzeugt in mir hypochondrische Gefühle, zum Beispiel die Furcht, von einem Augenblick zum anderen das Gedächtnis zu verlieren.

Aqqalu ist nach Nuuk geflogen. Er hat mir nichts davon gesagt, ich habe es von Frau Iversen erfahren. Aber auch sie konnte mir nicht sagen, wann er zurückkommen wird.

Wir, Frau Iversen und ich, tranken Kaffee in ihrem Büro. Ich war noch nie länger als für Augenblicke in diesem Büro. Es riecht nach ihrem Parfüm. An der Wand hängt ein Kalender mit in Aquarell gemalten Blumenmotiven. Auf dem sonst fast leeren Schreibtisch zwei gerahmte Fotos, das eine zeigt die Zwillinge als Babys mit rosa Mützen und mit großen schwarzen Augen, in denen fast nichts Weißes zu sehen ist, auf dem anderen ist die Ältere zu sehen, dürr, mit spitzem Kinn, der Ausdruck hinter der roten Kunststoffbrille ist stumpfsinnig.

Was mich am meisten in diesem Raum irritierte, war die lange Reihe von Schuhen, sechs oder sieben Paar, ordentlich vor dem Fenster aufgereiht. Elegante Damenschuhe, mit hohen Absätzen, wie sie hier im Dorf niemand trägt, auch die jüngeren Däninnen nicht, schon wegen der schlechten Straßen.

Ich fragte Frau Iversen im Scherz, ob sie ein Schuhgeschäft zu eröffnen beabsichtige. Sie antwortete:

»Eines Tages werde ich von hier weggehen, lieber Johannes. Und dann brauche ich diese Schuhe.«

Vom Weggehen reden viele hier: Larsen, Uqsina, das junge Bäckersehepaar, die Zimmermädchen. Alle möchten sie das, was sie hier tun, lieber anderswo tun: Kochen, Taxifahren, Putzen, Backen. Aber außer der Lehrerin, mit der ich im letzten Jahr ein paarmal geschlafen habe, ist niemand wirklich weggegangen, seit ich hier bin. Und wo sollte Frau Iversen schon hin? Aus Langeweile fragte ich sie, ob sie ihre Kinder mitnehmen würde. Ihren Mann erwähnte ich nicht.

»Warten Sie nur, vielleicht nehme ich Sie mit«, sagte sie, die Augenbrauen emporgezogen, und legte ihre Hand auf mein Knie. Sie stand auf, nahm mir die Mütze vom Kopf und strich mir mit gespreizten Fingern durchs Haar. Dann fühlte ich die Innenseite ihres Oberschenkels unter meinen Fingern. Frau Iversen seufzte und begann sich mit geschlossenen Augen die Bluse aufzuknöpfen. Dann läutete das Telefon. Frau Iversen schob den Rock zurecht und knöpfte die Bluse wieder zu, bevor sie den Hörer abhob. Mein Blick fiel auf die beiden Photographien der entsetzlichen Kinder.

Am Telefon war jemand vom Flughafen in Kulusuk, der eine Luftfracht anmeldete. Frau Iversen nahm eine Liste aus der

Schreibtischschublade und und trug etwas darin ein. Ich nahm meine Mütze und die Sonnenbrille und ging.

Etwas hatte mich aus dem Schlaf geschreckt. Meine Augen waren in den Winkeln von Schleim verklebt. Ich spürte eine Hand, die reglos auf meinem Bauch lag, die Fingerspitzen am Rand der Scham.

Ich stützte mich auf den Ellbogen und betrachtete Agnes' Gesicht. Schlafend erschien sie mir jünger. Auf ihrer linken Wange lag eine Wimper. Sie hätte mir oder ihr gehören können. Ihren langsamen, tiefen Atemzügen zuhörend, mußte ich auf einmal nach Luft schnappen. Ohne zu erwachen, nickte sie plötzlich kaum merklich mit dem Kopf. Ihre Hand glitt über mein Glied.

Aus dem Kleiderhaufen auf dem Parkettboden suchte ich meine Sachen heraus. Während ich mein Hemd zuknöpfte, sah ich, daß draußen die Straßenlaternen noch brannten, obwohl es spät am Vormittag war und die Sonne schien.

»Ich habe geträumt, daß ich tot bin«, sagte Agnes. Ich hörte ihrem Traum zu, ohne mich umzudrehen. »Ich konnte nichts mehr hören, und ich war sehr groß. Ich ging um unser altes Schulhaus herum, an einem grauen Nachmittag. Ich konnte in die Fenster der oberen Stockwerke sehen. Dort saßen Leute an langen, weißgedeckten Tafeln. Sie sahen aus, als ob sie sängen. In der Aula war ein großer Teich. Die Kinder auf der anderen Seite des Teichs waren sehr weit weg, oder vielleicht waren sie winzig klein.«

Heute hat es den ganzen Vormittag geregnet, und der Nachmittag verspricht auch kein lichteres Wetter. Bis auf Markus Brack und ein älteres Ehepaar aus Dänemark sind alle Gäste abgereist, und es sind nur drei neue Leute angekommen, Franzosen oder vielleicht französischsprechende Kanadier.

Als ich morgens in das Foyer kam, um die dort bereitstehenden Koffer in den Wagen zu laden, saß Markus Brack am Tresen vor einem Glas Aquavit. Er mußte schon draußen gewesen sein: Sein Haar klebte in Strähnen am Kopf.

Ich nickte ihm zu und wünschte ihm einen guten Morgen. Dann nahm ich die ersten beiden Koffer und schleppte sie hinaus. Markus Brack hatte mir nur abwesend zugenickt, als habe er mich nicht erkannt.

Als ich alle Gepäckstücke eingeladen hatte und gerade losfahren wollte, stand er plötzlich neben mir im strömenden Regen:

»Würden Sie mich mit zum Landeplatz nehmen, Herr Grahn?«

Ich öffnete ihm die Tür zum Beifahrersitz. Er war stark betrunken, beim Einsteigen hätte er beinahe das Gleichgewicht verloren.

Ich fragte ihn, was ihn bei diesem Wetter zum Landeplatz hinuntertrieb.

»Zum Landeplatz? Nein, gar nichts führt mich zum Landeplatz«, sagte er und lockerte mit nervösen Fingern den Knoten seiner Krawatte. »Ich wollte mich bei Ihnen entschuldigen, Herr Grahn, das ist es.«

Ich fragte ihn, wofür.

»Ich habe Sie in Reykjavík gesehen, mit dieser Frau, in dem kleinen Café... Sie sind es doch gewesen?«

»Es wäre möglich«, sagte ich.

»Und dann habe ich Sie hier wiedergetroffen, ganz zufällig... nicht einmal zwei Monate später.«

Ich erklärte ihm, daß ich zwei Wochen in Island verbracht habe, bevor ich hier meine Stelle antrat. Inzwischen waren wir vor der Baracke angekommen.

»Jaja, gewiß, so einfach ist diese ganze Sache, verzeihen Sie, es ist völlig bedeutungslos«, sagte Markus Brack, während er schwankend aus dem Wagen stieg. Einen Moment schien er zu überlegen, welche Richtung er einschlagen solle. Dann nahm er den Weg zurück. Irgend etwas hielt mich davon ab, ihm zu folgen, ihn zur Rede zu stellen.

Frau Iversen stand vor der Tür der Baracke. Ich bin ein wenig erschrocken; es war die erste Begegnung seit dem Vorfall in ihrem Büro.

»Wo will denn Brack hin, bei diesem Wetter?«

Ich war überrascht, daß Frau Iversen seinen Namen kannte.

»Wie sollte ich denn seinen Namen nicht kennen? Er war doch oft genug hier und hat sich mit mir unterhalten. Schade, daß er soviel trinkt. Wirklich schade.«

Ich habe mich beim Ausladen noch ein wenig mit ihr über Brack unterhalten. Sie wußte, warum er fast ständig trinkt: Er fühlt sich schuldig am Tod einer jungen Frau, die erst vor ein paar Wochen bei einem Verkehrsunfall ums Leben gekommen ist. Markus Brack hat diese Frau wohl heiraten wollen.

»Dieser Mann ist ganz am Ende, Johannes«, sagte Frau Iversen.

Mit der Dienstagsmaschine von Nuuk ist Aqqalu zurückgekommen. Ich sah seine Tür offenstehen, als ich vom Landeplatz zum Hotel unterwegs war. Ich klopfte an den Türrahmen und trat ein. Mitten auf dem Boden lag der offene Koffer. Auf dem Tisch lagen Bücher, Teller, Gläser, Zeitungen durcheinander.

Aqqalu saß in seiner Daunenjacke auf dem Sofa und rauchte.

»Ich habe dich schon erwartet, Johannes«, begrüßte er mich. Ich sagte, daß ich auch auf ihn gewartet hätte, nachdem er ohne ein Wort abgereist sei.

»Das war vielleicht nicht richtig. Aber ich mußte weg, verstehst du? Ich habe es hier nicht mehr ausgehalten.«

Ich fragte ihn, was jetzt werden sollte.

»Was werden soll?« erwiderte er. »Nichts soll werden. Ich ziehe nach Nuuk. Ein Zimmer habe ich schon gefunden.«

Solange Aqqalu sein Mandat als Abgeordneter innehat, bis zum Frühling, wird er sein Haus hier im Dorf noch behalten und manchmal zurückkehren. Danach aber, sagt er, wird er das Dorf endgültig verlassen.

Aqqalu zog einen Umschlag aus der Jackentasche und reichte ihn mir. Es waren Photos von Lisa darin. Auf einem war sie noch ein Säugling, auf dem Arm einer jungen Frau mit aufgesteckter Frisur, von der sich zwei Locken gelöst hatten und über Schläfe und Wange fielen. Der Mund war klein, mit vollen Lippen. Die Lider mit den langen Wimpern waren gesenkt, die Frau blickte auf das Kind, mit einem irgendwie erschrockenen Ausdruck. Aqqalu verlor kein Wort über die Frau. Ein anderes Photo zeigte Lisa, dick verpackt, im Schnee. Lisa neben dem Denkmal der kleinen Meerjungfrau in Kopenhagen. In einem Kinderstuhl, den Plüscheisbären an die Wange gepreßt. Mit marmeladeverschmiertem Mund beim Kuchenessen. Ängstlich auf einem

Karussellpferd. Als Kleinkind zusammen mit der Mutter in der Badewanne. Auf den Schultern von Aqqalu sitzend, auf einem neueren Bild, im Hintergrund das Mastengewimmel im Hafen von Nuuk. Als Königin mit einer Krone aus Pappe.

Ich betrachtete die Bilder, ohne etwas zu sagen. Aqqalu steckte eines nach dem anderen in den Umschlag zurück.

»Ich müßte etwas essen«, sagte er, nachdem wir eine Weile schweigend auf dem Sofa nebeneinandergesessen hatten, jeder in seine Gedanken versunken. Ich schlug vor, in die Grillbar hinunterzugehen.

Das Wetter ist seit gestern ein wenig besser geworden, es fallen nur noch kurze Schauer, und in der grauen Wolkendecke zeigen sich öfters wieder Risse, ausgefüllt von einem hellen, fernen Blau. Einige Minuten lang spiegelte sich Sonnenlicht in dem vom letzten Schauer nassen Asphalt. Das Gleißen war noch durch die Gläser der Sonnenbrille beinahe schmerzhaft.

Die Grillbar war leer; der alte Grönländer hinter der Theke döste auf einem Stuhl vor sich hin und verscheuchte mit schläfrigen Bewegungen die Fliegen. Draußen vor der Treppe spielten zwei kleine Jungen mit Papierfliegern. Aus einem Transistorradio kam leise Musik, es war wieder der ewige dänische Schlager, den man schon den ganzen Sommer hört.

»Hier wird sich nie etwas ändern«, sagte Aqqalu, während wir an einem der klebrigen Tische auf das Essen warteten.

»Das klingt merkwürdig aus deinem Mund«, sagte ich.

»Ich habe mir vielleicht etwas vorgemacht, mir und meinen Wählern.«

Ich fragte ihn, ob er glaube, daß den Menschen hier nicht zu helfen ist.

»Vielleicht ist es ja möglich, die Arbeitslosigkeit etwas zu verringern, ein paar Leute davon abzuhalten, sich zugrunde zu trinken. Aber es wird sich trotzdem nichts ändern. Nicht hier, verstehst du, Johannes?«

»Du hast abgeschlossen mit diesem Ort.«

»Ja, das darfst du mir glauben«, sagte Aqqalu und warf einen Blick durch das Fenster. Draußen ging eine Grönländerin mit einem Kinderwagen und zwei Kleinkindern vorbei. Die Frau schob mit einer Hand den Kinderwagen, in der anderen hielt sie eine Bierdose.

Aqqalu aß kaum ein paar Bissen von den Hühnchenstücken.

»Mir wird übel davon«, sagte er.

Später gingen wir, jeder eine Bierdose in der Hand, am Kai entlang, wie früher manchmal. Der Regen hatte die Kanten vom Eis abgewaschen; das Eis erinnerte so ein bißchen an Wolken.

»Wirst du uns vermissen, Lisa und mich?« fragte Aqqalu plötzlich. Es irritierte mich, daß es für ihn anscheinend keinen Unterschied machte: Lisas Tod und sein eigenes Weggehen von hier.

Heute hat Dr. Rask angerufen: Ob wir nicht ein wenig im Wagen aus dem Dorf hinausfahren könnten. Seine Stimme am Telefon klang fröhlich, vielleicht ein wenig kurzatmig. Ich war erleichtert; die Stille zwischen uns hat mich in den letzten Tagen verunsichert.

Dr. Rask wartete schon vor dem Eingang des Altenheims. Als ich ausstieg, reichte er mir sogar die Hand. Sie war weich und kalt.

»Ja, mein lieber Grahn, nun wären wir also wieder ganz unter uns, nicht wahr«, sagte er. »Aber lassen Sie den Kopf nicht hängen, vielleicht kommt sie ja bald wieder. Sie hat es mir jedenfalls fest versprochen.«

Ich sagte, daß ich ihm das wünschte. Es würde ihm sicher guttun.

Wir fuhren, wie immer, die Straße nach Kulusuk entlang. Vor der Hütte einer Fischerfamilie bat er mich anzuhalten. Es wohnte dort eine von den kinderreichen Familien, die er als junger Arzt behandelt hatte, als die Großeltern von heute in seinem Alter waren und die Eltern jünger als ich heute.

Ich ging nicht mit in die Hütte. Ich setzte mich auf einen Stein am Strand und blickte auf die angeschwemmten Eisbrocken, die hier überall verstreut auf dem nassen, filzigen Sand liegen. Nach unten zu verjüngt, gleichen viele von ihnen Pilzen oder auch Überresten griechischer Tempel, Säulen mit Bruchstücken von Kapitellen.

Die kobaltblauen Schatten, das Sonnenlicht von der Farbe zerlaufender Butter, die feuchte Kälte, die von den Füßen langsam die Beine emporkroch: Alles ereignete sich mit der Geläufigkeit des tausendmal Geübten. Es war ganz still. Vom Kamin der Hütte stieg Rauch auf, ein bläulicher Faden, von dem man vergeblich jeden Augenblick erwartete, daß er in sich zusammensänke.

Es dauerte nicht lange, bis Dr. Rask wieder aus der Hütte kam. Wir fuhren noch ein Stück in Richtung Kulusuk. Dr. Rask erzählte mir von seiner Zeit als junger Arzt. Die Menschen hatten ihm zuerst mißtraut. Sie verwendeten ihre eigenen Heilmittel. Doch diese Heilmittel halfen nicht gegen die fremden Krankheiten.

»Nur das hat mir das Recht gegeben, diese Menschen zu behandeln: daß ich ihre Krankheiten kannte, weil sie diese

Krankheiten von uns, den Kolonisatoren, hatten. Die Krankheiten der Leute waren das einzige, was mir an ihnen vertraut war«, sagte er und lachte.

Es ist bei diesem Zustand nicht geblieben. Nach Jahren geduldiger Arbeit hat sich Dr. Rask allmählich das Zutrauen der Leute erworben. Nachdem er Tag für Tag immer derjenige geblieben war, der an einem Apriltag in den vierziger Jahren hier angekommen war, im Vorgefühl eines tätigen Lebens, in dem er sich würde verlieren können, das Leben hauchfein, kaum mehr spürbar, verteilt über eine gewaltige Fülle von Tagen, Arbeit auf der Krankenstation, Patientenbesuche, schwangere Frauen, fiebernde Kinder, Auszehrungserscheinungen, Spaziergänge, Ausflüge in die Landschaft, Briefe an die Eltern möglicherweise, wachsende Einsicht in die Eigenarten der Urbevölkerung, in den Gang der sich wiederholenden Witterungen, sich sinnvoll und geschickt bewegen können in Tagen, in denen alles zur Wiederholung neigt und die Durchsichtigkeit vorherrscht.

Inzwischen schreiben wir bereits den 16. September. Wir haben nur noch drei Gäste: einen Geschäftsmann aus dem Südwesten, der einen Pelzmantel trägt und sich mehrmals am Tag von Uqsina in den Ort hinunter- und wieder zurückchauffieren läßt, einen dänischen Seemann, der die meiste Zeit im Restaurant sitzt und Bier trinkt, und Markus Brack, der keine Anstalten macht abzureisen.

Brack hat sich verändert. Es ist gerade eineinhalb Wochen her, daß er mit Larsen in der Hotelküche die halbe Nacht durchgetrunken hat: Heute erscheint das undenkbar. Er grüßt die Hotelangestellten mit einem höflichen Nicken. Larsen scheint er zu meiden, vielleicht wegen seiner groben Vertraulichkeit. Er ist immer glatt rasiert, seine Garderobe ist in Ordnung, er ist niemals betrunken. Vormittags, wenn die Mädchen sein Zimmer aufräumen, geht er spazieren. In seinem Zimmer, erzählen mir die Mädchen, stehen keine leeren oder halbleeren Flaschen mehr herum. Keine Zigarrenasche mehr auf dem Fußboden oder der Bettdecke. Nachmittags verläßt Brack sein Zimmer nur, um an der Bar eine Tasse Kaffee zu trinken, pünktlich um drei Uhr. Oft gibt er dann ein oder mehrere Blätter an der Rezeption ab, die nach Wien gefaxt werden müssen. Auf dem Tisch in seinem Zimmer liegen Bücher und Papiere: Er hat wieder angefangen zu arbeiten.

Wenn wir uns begegnen, draußen vor dem Hotel oder irgendwo unten im Dorf, tauschen wir kurze Bemerkungen über das Wetter aus. Brack beobachtet das Wetter sehr genau; vielleicht will er kein Risiko eingehen, nach einem Wintereinbruch hier festzusitzen. Wohl nur aus Höflichkeit fragt er mich jedesmal, ob neue Gäste erwartet würden: Er spürt meine Unruhe, meine Langeweile. Es werden keine Gäste erwartet. Die letzten drei Tage gab es für mich nichts zu tun. Mein Zimmer, kommt mir vor, wird mit jedem Tag kleiner.

Vorhin habe ich mich, wie ich das inzwischen fast jeden Abend mache, zu Larsen an den Küchentisch gesetzt.

Mit einer Kopfbewegung bedeutet er mir, ich solle mir eine Bierdose aus dem Kühlschrank nehmen. Er sitzt da, das Kinn auf die Faust gestützt, die Kochmütze auf dem Kopf, und raucht. Von Zeit zu Zeit schüttelt ihn ein trockener Husten. Manchmal blättert er geistesabwesend in irgendeinem Herrenmagazin. Aber an den meisten Abenden sieht er nur vor sich hin. Er ist ruhiger geworden in der letzten Zeit, wie das Leben um ihn her. Nichts kann ihn aus der Fassung bringen.

Heute hat er zu mir gesagt:

»Alle Achtung, Grahn, daß du jemandem wie dem Brack die Braut ausspannen könntest, das hätte ich dir gar nicht zugetraut. Wie war sie denn, die Kleine, war sie gut?«

»Das ist alles viel komplizierter, als es sich in deinem Alkoholkopf zusammenfügt, Larsen«, sagte ich.

»Das ist alles Quatsch«, sagte Larsen und blies den Rauch durch die Nase, »wie sollte so etwas denn kompliziert sein?«

Ich fragte ihn, ob Markus Brack selbst es ihm erzählt habe. Larsen grinste und nahm, wie er es oft tut, einen ungeheuer tiefen Zug aus seiner Bierdose.

»Wer sonst? Seine Braut wird es kaum gewesen sein. – Er hat mir noch mehr erzählt«, fügte er nach einer kleinen Pause hinzu.

»Was man sich eben so erzählt, bei einem nächtlichen Besäufnis zweier Männer, die wenig Grund haben, sich selbst und dem anderen zu verheimlichen, wie es um sie steht.«

»Das hast du sehr schön ausgedrückt, lieber Grahn. Du und Brack, studierte Leute, ihr könnt euch eben schön ausdrücken. Die beschissensten Dinge werden in eurem Mund zu Geschichten. Ich möchte gar nicht wissen, was du alles in dieses Heft hineingeschrieben hast, das du immer dabeihast, wenn du abends zurückkommst.«

»Du wirst es auch nicht erfahren«, sagte ich.

Nur um sich um die Ecke zu bringen, wie Larsen sich ausdrückte, sei Brack hierhergekommen. Nach Agnes' Unfall hat er sich offensichtlich außerstande gesehen, in sein geregeltes Wiener Akademikerleben zurückzukehren. Ob Markus Brack sich wirklich umbringen wollte, weiß kein Mensch. Geredet wird viel, in solchen Nächten. Vielleicht wollte er nur ausruhen. Ja, das glaube ich bestimmt.

Fast jeden Tag sitze ich bei Frau Iversen im Büro und trinke Kaffee. Die vage Hoffnung, es könnte sich ergeben, daß wir miteinander schlafen, erfüllt sich nicht. Wohl nur aus diesem Grund werden ihre Beine immer schöner. Ich schrecke davor zurück, sie von mir aus anzufassen; Frau Iversen ist doch die Ältere. Sie freut sich, wenn ich komme, mehr nicht; auch für sie gibt es jetzt nicht mehr viel zu tun.

Oft unterhalten wir uns über Fluggäste des Sommers, an die wir uns beide erinnern, den Schweizer zum Beispiel oder die Amerikanerinnen im Pelzmantel zu Beginn der Saison. Oder ich erfahre irgendwelchen Dorfklatsch. Jemand ist im Supermarkt beim Klauen erwischt worden. Eine Vierzehnjährige ist schwanger. Aber weder der Name des Diebes noch der des Mädchens sagt mir etwas. Aber worüber sollten wir sonst reden? Meine Vergangenheit ist für mich längst kein Thema mehr, ich spreche nie darüber, und Frau Iversen scheint gar keine Vergangenheit zu haben, nur eine alles aufsaugende Gegenwart und allenfalls ein paar vage Sehnsüchte, die von Zeit zu Zeit einmal abgestaubt werden.

Heute vor einem Jahr habe ich Grönland zum letztenmal verlassen, um den Winter zu Hause zu verbringen. Der Tag war sonnig, aber schon eisig. Der Helikopter, der mich zum Flughafen nach Kulusuk brachte, überflog einen riesigen hufeisenförmigen Eisberg. Die senkrechten Wände schimmerten in einem wäßrigen Hellblau.

Die Rollbahn in Kulusuk war spiegelglatt, obwohl es auch hier kaum geregnet haben konnte. Der Kiosk in der winzigen Wartehalle war geschlossen; auf dem heruntergelassenen Rolladen klebte ein kariertes Blatt Papier, auf das ein sehr langes Inuitwort geschrieben stand, in einer unbeholfenen Kinderschrift. Außer mir war nicht mehr als ein halbes Dutzend Reisende unterwegs. Der fette Zollbeamte trat aus seinem verrauchten Büro, das eher ein Verschlag ist, und streckte mir seine riesige weiche Hand entgegen:

»Machen Sie sich also doch noch fort, bevor es richtig finster wird«, sagte er und lachte unerwartet leise und fast wie in sich hinein.

In der Bucht von Kulusuk bewegten sich die Eismassen schwerfällig auf dem unruhigen Wasser. Man hätte glauben können, das Meer wollte sich von dieser Last befreien. Das klickende Geräusch, das beim Zusammenstoß zweier Eisschollen entstand, erinnerte an aufeinanderschlagende Zähne.

Ich stellte mir damals, während ich auf die Maschine wartete, vor, zu Hause in meinem Zimmer zu sitzen, das Kreischen der um die Ecke biegenden Trambahn im Ohr, und Briefe zu schreiben, an Aqqalu, mit irgendeinem bunten Bild dabei für Lisa, und eine Ansichtskarte an die Zimmermädchen, um die sie geradezu gebettelt hatten. Das wäre fast, ging es mir durch den Kopf, wie Briefe in die Vergangenheit zu schicken.

Das Wetter wird nun zusehends stürmisch. Heute nacht bin ich vom Rütteln des Windes an meinem Fenster aufgewacht. Regenböen klatschten gegen die Scheiben. Auf dem Fensterbrett hat sich eine kleine Lache gebildet. Ich habe lange, wie ich es oft als Kind getan habe, die Wange an die kalte Scheibe gelehnt und hinausgesehen. Außer ein paar flimmernden Lichtern vom Dorf war nichts zu erkennen.

Die Dunkelheit hier läßt sich mit den Dunkelheiten jenseits des Packeises, in Europa, nicht vergleichen. Nur in manchen Kindheitserinnerungen ist es ähnlich dunkel, ähnlich still. In der Kindheit war es nachts manchmal so still, daß ich mir nicht vorstellen konnte, daß die gewohnten Tagesgeräusche, das Kinderkreischen, das Vogelgezwitscher, das ferne Rumpeln der Güterzüge, am folgenden Tag wieder neu entstehen würden. Hier geht es mir ähnlich: Nach den hellen Nächten habe ich das Gefühl, als löschten die Herbstnächte alles aus, was es am Tag zu sehen gegeben hat.

Und doch wird morgen wieder alles unversehrt am richtigen Platz stehen: die Hundekoppel, die großen Steine auf der anderen Straßenseite, der graue Kleinbus in der Garage, Aqqalus abgeschlossenes Haus auf dem Weg zum Landeplatz, die Baracke dort, mit Frau Iversen darin, das Altenheim, die Grillbar, das alte Haus unten am See: alles.

Am Vormittag zogen aus der Richtung des Inlandeises ungeheuer rasch bräunliche Wolken mit gelben Rändern über den Himmel. Es sind die Wolken des beginnenden Winters, auf die ich schon gewartet habe. Es ist nur noch eine Frage von Tagen, bis der erste Schnee fällt.

Den Sommer über hat man hier oft das Gefühl, als ob der Himmel so viel Raum beansprucht, daß er die Häuser dicht gegen den Felshang preßt. Jetzt empfindet man nicht nur das Kürzerwerden der Tage: Die Tage verlieren auch an Höhe.

Der Besuch Sarahs hat Dr. Rask auf eine Weise verändert, die schwer in Worte zu fassen ist. Heute vormittag bin ich ihm unten im Dorf begegnet. Ein unangenehmer Tag: Die Windböen wirbelten Sand und ausgeblichene Zeitungsfetzen auf, aus der Gasse, wo die Bäckerei ist, waren abgerissene Stimmen streitender Männer zu hören, Bierdosen rollten über die Straßen, unten im Hafen spritzte das Wasser über die Mole. Wolken und Sonne wechselten sich rasch ab, als ob man den Tag im Zeitraffer erlebte.

»Sehen Sie, wie geschäftig die Dorfbewohner sind«, sagte Dr. Rask, »geschäftig und böse.«

Ich antwortete ihm, daß es den Dorfbewohnern wohl vor dem Winter graute.

»Ja, Sie haben immer eine Erklärung für alles, was Ihnen begegnet, lieber Grahn«, sagte er und legte mir die Hand auf die Schulter. »Beobachten und Schlüsse ziehen bis zum Umfallen, das ist Ihr Prinzip.«

»Was ich über die Leute hier weiß, habe ich von Ihnen«, sagte ich. Es verletzte mich, wie er mit mir sprach.

»Aber ich kenne diese Leute doch gar nicht.«

»Sie haben fast ein halbes Jahrhundert mit ihnen verbracht.«

Dr. Rask lachte und sah mich an, den Kopf ein wenig schiefgelegt, die blauen Augen zu Schlitzen zusammengezogen. Beim Lachen blasen sich seine zahnlosen Backen immer einen Augenblick lang auf. Zum erstenmal fiel mir auf, daß er viel kleiner ist als ich.

»Wollen Sie mit dieser Bemerkung etwa auch irgend etwas erklären? Jedenfalls: Fünfzig Jahre sind viel zu kurz, um irgend jemanden wirklich kennenzulernen. Aber das ist mir erst in der letzten Zeit klargeworden.«

Ich begleitete Dr. Rask noch ein Stück auf dem Weg zum Altenheim.

»Ich muß pünktlich zurück sein, wissen Sie, es gibt heute Huhn zu Mittag«, sagte er. »Und vergessen Sie nicht unser Schachspiel am Sonntag.«

Heute ist Markus Brack abgereist: diesmal für immer. Es gab eine Zeit, in der ich diesen Tag herbeigesehnt habe. Heute ist es mir fast, als ginge einer fort, der irgendwie dazugehört hat.

Auf dem Weg zum Helikopterlandeplatz sagte er:

»Für den, der eine Aufgabe zu erfüllen hat, ist dieser Ort hier ideal, wissen Sie. Damit hatte ich nicht gerechnet. Im Gegenteil... Jedenfalls, für die Arbeit, die ich hier in den letzten zwei Wochen niedergeschrieben habe, hätte ich in Wien mehrere Monate gebraucht. Man ist hier mehr bei sich als anderswo, nicht wahr?«

Er beugte sich ein wenig nach vorne und sah mir mit einem forschenden Lächeln ins Gesicht. Ich nickte und konzentrierte mich weiter auf die Straße, die von einem Eisregen am Morgen noch ein wenig glatt war.

Als ich den Wagen vor der Baracke hielt, zeichnete sich vor der graublauen Masse des Gletschers im Osten bereits der Helikopter ab; kaum mehr als ein Punkt, erfüllte das Motorengeräusch doch schon den bedeckten Vormittag.

Ich trug die Koffer Bracks in die Baracke und legte sie auf das Förderband. Im Büro klapperte Frau Iversens Schreibmaschine, dazwischen zischte ihre Kaffeemaschine. Ich überlegte einen Augenblick, ob ich eintreten sollte. Ich tat es nicht und trat wieder vor die Tür. Draußen zog Brack seine Brieftasche, entnahm ihr ein Photo und hielt es mir hin.

»Nehmen Sie es, wenn Sie eine Verwendung dafür haben. Ich brauche es nicht mehr«, sagte er. »Warum sich in Erinnerungen verlieren...ich habe viel zu tun. Entschuldigen Sie, wie ich mich Ihnen gegenüber verhalten habe. Ich war in einer – Grenzsituation, sozusagen... Und leben Sie wohl.«

Nach ein paar Schritten wandte er sich noch einmal nach mir um und rief lachend, indem er die Faust ballte:

»Alles im Griff!«

Unmöglich zu sagen, ob es eine Frage, eine Aufforderung an mich sein sollte oder eine Feststellung über seine eigene Situation.

Ich setzte mich in den Wagen, zündete mir eine Zigarette an und schaute zu, wie die Rotorblätter sich schneller und schneller zu drehen begannen, wie rings umher Staub und Papierfetzen aufgewirbelt wurden, wie Frau Iversen auf dem Landefeld stand, mit einer Hand winkend, mit der anderen ihren Rock festhaltend, wie der Helikopter schließlich abhob, eine halbe Drehung vollführte und über der mit Müll bedeckten Landzunge langsam verschwand.

Das Photo von Agnes, das Brack mir gegeben hat, liegt vor mir auf dem Tisch, neben dem Wachstuchheft, dessen Blätter nun bis auf die letzten zwei beschrieben sind. Ein weiteres Heft wird es nicht geben.

Agnes lehnt gegen einen gemauerten Kamin, in einer aufreizenden Pose. Sie trägt ein enges orangefarbenes Kleid. Ihr Haar ist länger als zu der Zeit, als wir zusammen waren. Ihre Hände wirken klein und merkwürdig unbeweglich. Die Nägel sind lackiert, schwarz oder in einem sehr dunklen Rot. Ihre Lippen sind so stark geschminkt, daß sich nicht genau sagen läßt, ob sie zu lächeln versucht. Dicht über dem Knöchel glaube ich eine Laufmasche erkennen zu können. Die goldene Brosche, die sie über der Brust trägt: Sie ist wohl ein Präsent Markus Bracks, des Bräutigams.

Ein riesiger Eisberg ist in den letzten Tagen der Küste ganz nahe gekommen. Man braucht nur ein Stück die Wiese über der Hundekoppel hinaufzugehen bis zu der Stelle, wo ich mit Sarah gestanden hatte, um ihn sehen zu können. Es ist, als habe sich die ganze Landschaft verändert.

Heute morgen bin ich mit Larsen dort oben gewesen. Der See unter uns war mit einer dünnen Eishaut bedeckt. An manchen Stellen war sie von der Strömung bereits aufgebrochen zu mehreckigen Schollen. Sie hatten sich schon gedreht und ihren ursprünglichen Ort verlassen, so daß das Auge nicht mehr imstande war, die Bruchstücke zu einem Ganzen zusammenzufügen. Das Wasser zwischen den lichtgrauen Schollen war von der Farbe flüssigen Teers.

Der Eisberg, oben abgeflacht, erschien vor dem gelblichen Himmel zum Greifen nahe, obwohl er doch mindestens zehn Kilometer entfernt sein mußte.

»In den nächsten Tagen wird sich das Packeis in eine geschlossene Eisdecke verwandeln«, sagte Larsen, »das bedeutet, dieser Eisberg wird uns bis zum nächsten Sommer Gesellschaft leisten.«

»Irgendwie ist das eine beunruhigende Vorstellung, findest du nicht?« sagte ich zu Larsen.

Larsen hatte einen Hustenanfall. Danach sagte er:

»Es gibt genug Leute hier, die den Winter lieber mögen als den Sommer. Im Winter herrschen hier die klareren Verhältnisse, könnte man sagen.«

Die Auflösung der riesigen Eishülle in zahllose Theile, Eisschollen genannt, schreibt Julius Payer, der Polarforscher und Landschaftsmaler, *ist die Ursache ihrer vergrößerten Ausbreitung und Beweglichkeit. Wasserstraßen trennen ihre Glieder, sie werden Canäle genannt; Wacken heißen sie, sobald ihre Ausdehnung beträchtlich ist. Ewig unstät, öffnen und schließen sich die Glieder ihres ungeheuren Netzes durch Winde und Strömungen. Vom Spätherbst an verdichtet sich das Innere durch erneute Eisbildung, während seine Peripherie sich in tiefere Regionen vorschiebt, bis etwa Ende Februar der Culminationspunct der* ERSTARRUNG *erreicht ist. Bewegungsloses Festliegen der Felder, welche naturgemäß im Winter ihre größte Massenhaftigkeit erreichen, findet indessen auch dann nicht statt; selbst während dieser Zeit unterliegen sie unausgesetzt einer durch die Meeres- und Luftströmungen veranlaßten Verschiebung und Pressung...*

Es ist das vorletzte Blatt, das ich jetzt beginne. Die weißen Flächen nehmen ab. Wie die Eisschollen, die im Frühling nach Süden treiben. Schmelzen und im Weltmeer aufgehen. Es hätte noch viel zu erzählen gegeben, möglicherweise. Wer ich als Kind gewesen bin, wenn ich mich erinnerte. Was zwischen Agnes und mir vorgefallen ist. Wenn etwas vorgefallen ist. Wie Dr. Rask letzten Sonntag beim Schachspielen plötzlich eingeschlafen ist. Die Hände mit den dicken blauen Adern über dem Schoß gefaltet. Schon als Kind hatte ich mir so manchmal den Tod vorgestellt, ein Bild zweier weißer, gefalteter Hände. Oder wie Iversen gestern nachmittag in das Hafenbecken gefallen ist, völlig alkoholisiert natürlich, und um ein Haar ertrunken wäre. So wenig sich hier auch ereignet, es würde genügen, Wachstuchheft auf

Wachstuchheft damit zu füllen, über Jahrzehnte hinweg, mit Unscheinbarkeiten, mit Vorfällen, die sonst dem Vergessen anheimfallen, kaum daß sie passiert sind.

Aqqalu hat mir eine Ansichtskarte aus Nuuk geschickt: *Lieber Johannes, viele Grüße aus der Hauptstadt. Wie mild es hier noch ist! Ich habe viel zu tun, die Arbeit hilft mir über einiges hinweg. Sarah möchte ihren Onkel und dich nächsten Sommer wieder besuchen. Sie läßt dich grüßen. Kurz vor Weihnachten komme ich vielleicht noch einmal ins Dorf. Viele Grüße, Dein Freund Aqqalu.*

Eine Nonne ist, merkwürdig genug, bei uns im Hotel abgestiegen. Für Larsen war das erst ein gefundenes Fressen. »So ein Heiligenschein kann in der Polarnacht recht nützlich sein.« Aber es hat ihn selbst sehr schnell gelangweilt, sich über die Nonne lustig zu machen. Wer weiß, vielleicht hat es ihn nicht nur gelangweilt; es kam mir so vor, als habe er auf einmal etwas wie Respekt empfunden. Wir wissen nicht genau, was sie hier eigentlich zu tun hat, aber die milde, unbeirrbare Geschäftigkeit, mit der wir sie im Dorf herumlaufen sehen, in ihrer grauen Tracht, beeindruckt uns, insgeheim.

Wir, die Leute, die im Hotel arbeiten, sind alle ein bißchen phlegmatisch geworden in der letzten Zeit. Der Hotelleiter, er trägt jetzt immer einen dunkelbraunen Wildledermantel mit Pelzbesatz, hat mir heute morgen die Hand auf die Schulter gelegt und gesagt:

»Ja, Grahn, jetzt stehen uns ein paar triste Monate bevor. Aber einmal wird es auch wieder Frühling.«

Ich habe genickt. Ich weiß auf die Phrasen des Hotelleiters meistens nichts zu antworten.

Es wird jetzt rasch kälter. Die Temperatur zeigt nur noch mittags ein paar Grad über Null an. In den Wolken herrscht oft starke Bewegung, manchmal ist es, als blickte man in den Rauch über einem Großbrand. Morgens ist über den Fjord eine dünne, spiegelnde Eishaut gespannt. Die Schneeflächen auf den Bergen vergrößern sich. Das Gras neben den Straßen, am Fjord, im Tal der Blumen ist gefroren, es kracht und knirscht mineralisch, kristallisch unter unseren Schritten, wie der Muschelkalk am Strand.

Das Radio berichtet von einer Schneefront, die sich rasch auf uns zubewegt. Die Zeit der Polarlichter rückt näher, heißt es. Ich habe bisher niemals eines zu Gesicht bekommen.

Das ist der Stand der Dinge hier. Natürlich könnte alles so weitergehen, ein Tag entwickelte sich aus dem anderen, die Ereignisse würden in einem schwarzen Wachstuchheft verzeichnet oder nicht, es spielte keine Rolle. Man nähme etwas von einer Pflanze an mit der Zeit, stelle ich mir vor, sowie ja auch Larsens Dasein etwas Vegetatives hat, ein stilles, stationäres Vor-sich-hin-Wuchern, dem irgendwann ein Ende gemacht wird.

Für mich aber wird es nicht so weitergehen. Frau Iversen hat für mich einen Platz im Hubschrauber nach Kulusuk und für die Maschine nach Kopenhagen gebucht. Sie hat mich zu meinem Entschluß beglückwünscht, ohne ihn zu bedauern. Von Dr. Rask habe ich mich verabschiedet. »Ich habe es Ihnen immer gesagt, das ist für Sie kein Leben«, sagte er leise und drückte mir die Hand. Ich sah, daß er die Schachfiguren schon aufgestellt hatte, für das nächste Spiel. Von den Büchern, die ich ihm zurückgebracht habe, hat er mir die *Ansichten von der Nachtseite der Naturwissenschaft* geschenkt, als Erinnerung, »aber lesen Sie es nicht, es gibt Wichtigeres für Sie«.

Ich habe meine Stellung nicht gekündigt. Außer Frau Iversen und Dr. Rask weiß niemand von meiner Abreise. Nicht der Hotelleiter, nicht die Mädchen, noch nicht einmal Larsen. Ich nehme es in Kauf, auf meinen Lohn für diesen Monat zu verzichten. Ich habe einiges verdient diesen Sommer und kaum etwas ausgegeben.

Das Zimmer ist leer, bis auf Stuhl, Tisch und Bett und das Bücherregal. Aber es ist nicht eigentlich leerer als vorgestern. Es war nie so bewohnt wie Larsens Zimmer, wo Dutzende leerer Bierdosen herumliegen, die Wände mit Bildern nackter Frauen beklebt sind und das Bettzeug tausend Flecken hat. Die alte Islandkarte habe ich hängen lassen, ich habe keine Verwendung mehr dafür. Vielleicht wird Larsen sich ihrer annehmen, wenn er erfährt, daß ich weg bin, und sie irgendwo in seinem Zimmer zwischen den nackten Frauen aufhängen. Aber eigentlich glaube ich nicht daran: Unser Koch ist für Sentimentalitäten nicht anfällig.

Meinen Koffer habe ich schon frühmorgens im Wagen verstaut, um niemandem damit zu begegnen. In ein paar Minuten werde ich zum letztenmal die Straße zum Helikopterlandeplatz hinunterfahren, Fahrer und Gast zugleich.

Das Fernglas und das Wachstuchheft sind die einzigen Dinge, die noch nicht verstaut sind. Die Leute, die ich mit dem Fernglas auf den Straßen ausmachen kann, tragen dicke Anoraks, Fellstiefel und Handschuhe. Dadurch wirken ihre Bewegungen in der trüben und kalten Luft träger und weicher. Die Berge hinter dem Dorf und dem Fjord sind völlig verschneit; nur an den steilsten Stellen ist noch der nackte Fels zu sehen, der in diesem Licht schwarz erscheint und einen matten Schimmer zeigt.

Den Sommer über haben die Hunde träge in der Sonne gelegen; jetzt ist man überall dabei, sie vor die Schlitten zu spannen. Es hat ein wenig zu schneien begonnen, aus einer dichten, hellgrauen Wolkendecke. In der Küche höre ich Larsen auf und ab gehen. Er hat sich eine Bierdose aufgemacht. Er rülpst und flucht in sich hinein, mißmutig und wütend, wie er um diese Zeit eben ist. Er wird, wie immer morgens, kaum zurückgrüßen, wenn ich aus meinem Zimmer trete und durch den Kücheneingang verschwinde.

Judith Hermann
Nichts als Gespenster
Ezählungen
320 Seiten

»So überzeugend wie keine andere deutsche
Schriftstellerin beschreibt sie, mit welcher Hingabe
ihre Generation sich verschwendet und zerstreut.«
Claudia Voigt, Der Spiegel

»Unaufdringlich und bewundernswert stilsicher
erzeugt Judith Hermann einen Sound,
nach dem man süchtig werden kann.«
Franziska Wolffheim, Brigitte

»Denn die große Stärke dieser Geschichten ist
vor allem die Atmosphäre, ist die intensive Darstellung
eines Lebensgefühls. Den Nerv ihrer Generation,
den ›Sommerhaus, später‹ so offenkundig traf,
hat Judith Hermann auch mit ihrem zweiten Buch
nicht verfehlt. Es ist wiederum der Ton,
der in den Bann zieht.«
Hubert Spiegel, FAZ Sonntagszeitung

S. Fischer

Wolfgang Hilbig

abwesenheit
Gedichte
Band 22308

Abriß der Kritik
Frankfurter
Poetikvorlesungen
Band 2383

Alte Abdeckerei
Erzählungen
Band 11479

Bilder vom Erzählen
Gedichte
64 Seiten. Gebunden

Erzählungen
Band 15809

»Ich«
Roman
Band 12669

**Die Kunde
von den Bäumen**
Band 13169

Eine Übertragung
Roman
Band 10933

die versprengung
Gedichte
Band 2350

Die Weiber
Erzählungen
Band 2355

S. Fischer

Michael Lentz
Muttersterben
Prosa
190 Seiten. Gebunden

Einer stirbt. Einer wird vergessen. Einer wird umgebracht. Etwas kommt abhanden. Was tun? »Muttersterben«, das sind Momentaufnahmen alltäglicher Erfahrungen, die vom Abschiednehmen handeln. Sie erzählen vom Erinnern und davon, wie der Versuch, sich Situationen und Vorgänge zu vergegenwärtigen, tragisch werden kann, oder absurd oder komisch.

So melancholisch wie unsentimental schildern die Geschichten die zum Teil grotesken Versuche, mit einem Verlust umzugehen, der plötzlich ein Eigenleben entfaltet.

S. Fischer